マドンナメイト文庫

両隣の人妻 母乳若妻と爆乳熟妻の完全奉仕

綾野 馨

目次
contents

両隣の人妻　母乳若妻と爆乳熟妻の完全奉仕

第一章　母乳まみれの乳房

1

（電車に乗ったときは「寒ッ」と思ったけど、降りると「暑ッ！」。来週からは夏服でもOKだから、この学ランも今週いっぱいの我慢だな）

冷房の効いた車内からホームに降り立った神尾《かみお》祥平《しょうへい》は、「新緑」や「薫風《くんぷう》」と表現される季節感を無視した、五月中旬にして蒸しむしとした空気に思わず顔をしかめてしまった。

憎らしいほどの青空に恨めしげな一瞥をくれ、駅から徒歩五分の位置に建つ自宅マンションへと向かう。

（今日も父さんは帰りが遅いって言ってたし、夜は昨日のカレーでいいか。野菜はあるからサラダは作れるし、カツは……昨日カツカレーにしたから、今日はいいかな）

マンションに戻る途中にあるスーパーを素通りしようとしたとき、エコバッグを手に一人の女性がスーパーから出てきた。

卵形の愛らしい顔立ちの二十代後半の女性。その胸元にはキャリータイプの抱っこ紐が巻かれ、女性が母親であることがわかる。ナチュラルブラウンに染められた髪は、育児の邪魔にならないように肩にかからない長さで切り揃えられている。すると、女性も祥平の姿を認めたのか、愛らしい顔に優しい微笑み浮かべ、左手を振ってきた。

「お帰り、祥平くん。まだ五月なのに、今日も暑いわね」

「こんにちは、莉央《りお》さん。ほんと、暑いですよね。あっ、荷物、僕が持ちますよ」

祥平はそう言うと右手を差し出し、その女性、マンションの隣人である藤村《ふじむら》莉央からエコバッグを受け取った。

「ありがとう、助かるわ」

にっこり微笑まれると、思わず胸がキュンッとしてしまう。

祥平は十三歳の中学二年生で、八年前に父親と二人、東京郊外のこの町へと越してきていた。母親は十年以上前に他界しており、父子家庭という環境だけに、家事全般はこなせるようになっていた。そんな祥平にとって、隣家の若妻である莉央は年の離れた姉のような存在だ。

「これからの季節、結衣《ゆい》ちゃんを抱っこして外に出るの、大変じゃないですか？」

莉央の胸に抱かれ眠っている生後四カ月の赤子、結衣の可愛い寝顔に頬が緩む。

「そうね、いまの時期でも、家に帰って抱っこ紐を外すと、前は汗でびっしょりだもの。本格的な夏が来たらどうなっちゃうのかしら。いまから怖いわ」

苦笑を見せた莉央が、今度はしみじみとした口調で言葉を継いできた。

「でも、本当にここに越してきてよかったわ。駅からも近くて買い物も便利だし、なにより道が平坦っていうのは、こうして赤ちゃんを抱っこして歩いていると大切だなって思うもの」

「もともとお住まいだったのって、莉央さんのオジサンご夫妻でしたっけ？」

祥平や莉央が住んでいるマンションは、八年前に竣工した七階建ての分譲マンションで、祥平は当初から五〇六号室に入居していたが、莉央が越してきたのは二年前。その前まで五〇五号室に住んでいたのは、六十代の夫妻であった。

「そうよ。正確には、母の姉だから伯母夫婦だけど。最初、海外移住するって聞いたときは驚いたわよ。まあ、向こうで楽しくやってるみたいだからいいけど。それになにより、このマンションを格安で譲ってもらえたのはラッキーだったわ。お隣の男の子もいい子だしね」

「そ、そんなことは……」

マンションのエントランスでにっこりと微笑まれた瞬間、祥平の頬がカッと熱くなった。オートロックを解除して建物内へと入ると、そのままエレベータで五階へとあがる。

「荷物を持ってもらったお礼にお茶をご馳走するから、あがってちょうだい」

五〇五号室の玄関を開けた莉央がそう言って招じ入れてくれた。

「じゃあ、お言葉に甘えてお邪魔します」

ぺこりと頭をさげ、祥平は靴を脱いだ。2LDKの間取りは祥平の家と同じだが、ちょうど左右が反転した形であった。祥平の自宅は玄関からリビングに繋がる廊下の左手に洋室が二つあるのだが、莉央の家はそれが右側にあるのだ。

「ごめん、祥平くん、結衣をベッドに寝かせるから、エコバッグの中身、冷蔵庫にしまってくれるかしら」

「はい、わかりました」

南向きのリビングに入ると、莉央がそう言って小さく手を合わせてきた。

祥平はリビングに入ってすぐ左側にあるキッチンに向かい、買い物袋の中身を冷蔵庫に入れていった。その間に若妻は抱っこ紐を外し、眠っている娘を壁際に置かれたベビーベッドに横たわらせていく。

藤村家のリビングはナチュラルな色合いの家具でコーディネートされており、キッチンそばに天然木を使ったダイニングテーブルのセットが、そしてテレビの前にはアイボリーの二人掛けのソファが置かれている。

「ほんとにごめんね、ありがとう」

「いえ、たいしたことでは……ゴクッ……。ほ、ほんとに汗、大変なんですね」

キッチンへとやってきた若妻を見た瞬間、祥平はドキッとしてしまった。思わず声が上ずってしまう。同時に学生ズボンの下でペニスがピクッと反応し、鎌首をもたげはじめる。

というのも、莉央が着ていた前ボタン式ワンピースの上半身部分が汗で濡れ、ピタッと肌に貼りついていたのだ。全体的に細身ながら、出産したことで乳房はパツパツに張っており、その豊かさがありありと伝わってくる。

「最近、抱っこで出かけて帰ってくるといつもこうよ。ほんと、夏が思いやられるわ。ごめん、お茶、もうちょっと待ってくれるかな。ちょっと着替えてきちゃうから」

「あっ、はい、どうぞ」

「本当にごめんね」

再度、顔の前で両手を合わせた莉央は、そう言っていったんリビングを出ていってしまった。

(それにしても莉央さんのオッパイ、すごかったな。まるで、百合恵《ゆりえ》おばさんみたいだったよ)

若妻を見送った祥平は、ダイニングの椅子に腰を落ち着けると、脳裏にしっかりと刻みこまれた莉央の膨らみと、祥平父子と同時期に入居した五〇七号室の人妻、西岡《にしおか》百合恵の豊乳を比べてしまっていた。

入居当初、結婚してまだ間がなかった新妻の西岡百合恵は、母のいない祥平を不憫《ふびん》に思ったのかなにかと面倒を見てくれるようになり、夫妻に子供ができなかったことから、いまも当時と変わらず可愛がってもらっている。

その百合恵は、莉央とはタイプの違う妖艶な雰囲気をまとった三十代半ばの熟妻であり、その身体つきも陶然としてしまうほどにグラマラスだったのだ。

「お待たせ、すぐに冷たい飲み物、用意するわね」

ワンピースから七分袖のTシャツにデニムのキュロットスカートという、リラックスしたいでたちで戻った莉央が、すぐにキッチンに入りアイスティを作って持ってきてくれた。

「ありがとうございます。いただきます」

ガムシロップだけを入れ口をつける。冷たい喉ごし、ふわりと口の中に広がる芳醇な香りと爽やかさに、人心地つく思いだ。

「ところで祥平くん。百合恵さんに温泉旅行、プレゼントしたんですって？」

祥平の正面の椅子に座り、アイスティの入ったグラスを口元に運んだ莉央が、卵形の愛らしい顔に意味ありげな微笑を浮かべ、いきなりそんな問いを発してきた。

「えっ？　ああ、あれですか。利用期限は八月末だったんですけど、七、八月は土日祝の利用がＮＧだったんですよ。それを父に言ったら、今月も来月も土日両方に予定が入っていない日がないみたいなんです。で、昔からなにかと、現在進行形でお世話になっている西岡さんご夫妻に渡したんですよ」

「そうなの。でも、百合恵さん、すごく喜んでたわよ。まさか、祥平くんがそんなものをくれるなんて考えたこともなかったみたいだから」

「でしょうね。僕も福引きで当たらなかったら、してないでしょうから」

ゴールデンウィーク中、電子レンジが壊れてしまったため家電量販店で新しいものを購入。その際、購入金額に応じて福引きができたので六回ガラガラを回していた。するとその内の一回が特等の「高級温泉ホテル ペア宿泊券」を引き当ててしまったのである。しかし、父が仕事の都合で行けないことがわかり、日頃の感謝の印として百合恵夫妻に宿泊券を贈っていたのだ。

「いいわよね、温泉。当分行けないだろうけど、ゆっくり浸かりたいわ」

「やっぱり育児って大変なんですね」

しみじみとした口調で言う莉央に、思わずそう尋ねてしまっていた。

「そりゃあ、目が離せないし、夜泣きはするし、大変は大変だけど、でも、『あぁ、こうやって日々成長していくんだな』と思うと、母親としての自覚が強くなっていくのよ。『母親になった』というより『母親にしてもらっている』っていう感覚。祥平くんの年齢だとまったくピンとこないだろうけど、いましかできない貴重な体験をさせてもらっているなぁって思う」

どこまでも柔らかく、包みこまれる優しさに満ちた笑みを浮かべる若妻に、祥平は再びドキッとさせられてしまった。

2

「ンぎゃぁ、オギャー、おぎゃぁ……」

ゆったりとした空気を切り裂くように、ベビーベッドで眠る娘が泣き声をあげた。その瞬間、莉央はハッとしたように結衣の元へと駆け寄った。

「どうしたの、結衣ちゃん、ねぇ、いい子、いい子……」

赤子を抱きあげ、ポンポンッと優しく背中を撫でながらあやしてやる。すると、娘はホッとしたように泣きやんでくれた。胸に抱いたまま身体を揺らし、すばやくおむつの状態を確認するもそちらは問題がないようだ。すると、結衣は右手の親指をしゃぶる仕草を見せた。

「お腹空いちゃったかなぁ、ねぇ、結衣ちゃん。オッパイにしようね」

優しく語りかけながらダイニングの椅子に戻った莉央は、七分袖のTシャツの裾をめくりあげると、ブラジャーのフロントホックを右手一本で器用に外した。ぶるんっと弾けるように膨らみが露出する。同時に、左右に分かたれたカップの内側に入れていた母乳パッドがポトッと床に落ちた。

あらわとなった膨らみは、綺麗なお椀形をしていた。その頂上付近には焦げ茶色の乳暈《にゅううん》が広がり、その中心にちょっと黒ずんだ乳首が鎮座している。

「はーい、結衣ちゃん、ご飯でちゅよ」

娘の小さな唇を左乳首にあてがってやると、結衣はパクンッと乳頭を咥えこみ、そのままチュウチュウと母乳を飲みはじめた。その様子を、莉央は柔らかな表情で見つめていた。が、その直後、あることに気づきハッとした。

(そうよ、私、祥平くんをお茶に誘ってたんだわ)

慌ててダイニングテーブルを挟んだ反対側に顔を向けると、顔面を真っ赤にした少年が落ち着かない様子で顔を伏せていた。

(あちゃぁ、そうだよね。祥平くんだって年頃の男の子なんだもん、いきなりオッパイ丸出しで赤ちゃんに母乳をあげている姿なんて見たら、意識しちゃうわよね)

まだまだ幼さを残した顔立ちをした、つい最近、変声期を迎えたばかりの男の子。身長も百六十センチの莉央とほぼ同じ高さであり、当然のことながら「男」として意識したことなどなかった。しかし、そうはいっても中学生の男の子なのだ。そう考えると、配慮が足りなかったという思いにさせられる。

「ごめんね、祥平くん。恥ずかしいところを見せちゃってるね」

「い、いえ、そんなことは……。ゆっ、結衣ちゃんが最優先ですから。僕のほうこそ、ごめんなさい。いつまでも長居しちゃって」

　こちらに視線を向けないようにうつむいたまま、少年は上ずった声で返事をしてきた。その初心《うぶ》な態度に莉央の母性がゾクリッと震えてしまった。

「そんなことはないわよ。私が誘ったんだもの、ゆっくりしていってちょうだい。でも、ビックリさせちゃったわね。赤ちゃんにオッパイをあげている場面を見るのは初めて？」

「は、はい。僕、兄弟、いないですから」

　テーブルの天板に視線を向けたまま、祥平は小さく頷いてきた。

（そうよね、祥平くんはお母さんを小さい頃に亡くしているのに、ちょっと無神経なこと言っちゃったわね）

　当たり前のことを思い出し、罪悪感が胸に広がりそうになった直後、満足したのか結衣が乳首を解放してきた。

「あら、もうお腹いっぱいなの。そう、じゃあ、また、おネンネしましょうね」

（今回はいつもより飲む量、少ないかしら？　そんなにお腹空いてなかったのかもしれないわね。あぁん、やだ、右の胸、張ったまんまだわ）

母乳が滲む乳房を露出したまま、莉央は娘を抱いたまま椅子から立ちあがり、再びベビーベッドへと横たわらせた。莉央は出産以降、母乳の出がよかった。にもかかわらず、娘の飲む量はけっして多くはない。そのため毎日、キッチンの流しで搾って捨てているほどだ。

「結衣ちゃん、また寝ちゃったんで……ご、ごめんなさい」

ようやく顔をあげこちらを向いた祥平が、再び大慌てて視線をそらせてきた。莉央がいまだTシャツをめくりあげた状態であり、パツパツに張った双乳を露出していることに気づいたのだ。

「いいのよ、気にしないで。祥平くんから見たら、私なんておばさんでしょう」

「そ、そんなこと、ないです。莉央さんはどちらかというと、お、お姉さんみたいな存在で、だから……」

「ありがとう」

顔を伏せたまま首を左右に振るさまがなんとも可愛く、ふっと心が緩んだ。

元いた椅子に戻り、床に落ちてしまった母乳パッドを拾いあげる。その際、チラッと少年のほうに視線を向け、ハッとした。中学生の男の子の両手が学生ズボンの上から股間を覆っていたのだ。

（えっ？　まさか本当に私の胸で興奮を？）

そんな思いが脳裏をよぎった刹那、ズンッと鈍い疼きが下腹部を襲った。

結衣を出産して四カ月、そろそろ夜の性活をと思っているのだが、夫がまったくその気になってくれず、妊娠が発覚してからだとすでに一年以上、セックスから遠ざかっていたのである。

出産を機に妻を「オンナ」ではなく「母」として捉え、それがきっかけでセックスレスになる夫婦の話は莉央も聞いたことはあった。しかし、まさか自分がそうなるとは思っていなかった。

莉央自身としては、「母親」をこなせばこなすほど「オンナ」としての充実を欲《ほっ》する気持ちが強まっていたのだ。一方、夫は「育児で大変だろうから」とこちらに気を遣う態度を示しつつ、妻の身体への興味を見せなくなっていたのである。

（あの人は私のことをオンナとして見なくなったのかもしれないけど、中学生の祥平くんは私にオンナを感じてくれたのね）

まだ十代前半の祥平が、母乳を滴らせる乳房を見てペニスを勃起させていることに、莉央は背徳的な興奮を覚えた。同時に、悪戯心がムクムクと頭をもたげてくる。

「ねえ、祥平くん。ちょっとお願いがあるんだけど、いいかな？」

拾いあげた母乳パッドをテーブルの上に載せ、いまだ顔を伏せている少年に声をかけた。

「はい、なんでしょうか」

「とりあえず、顔をあげて」

「は、はい」

ゆっくりと顔をあげてきた祥平の目が再び見開かれた。莉央がまだ乳房を露出したままだとは思っていなかったのだろう。慌てて視線をそらせようとする。

「いいのよ、見て。というか、見てくれないと、私のお願いは叶えてもらえないの」

「り、莉央、さん……」

なにを言われるのか不安そうな表情の少年に、背筋がゾクッとしてしまう。

(別に祥平くんのことイジメたいわけじゃないのに、こんな顔見せられたら……)

「私ね、オッパイの出がすごくいいの。それでね、いまも結衣、左のお乳からしか飲んでくれなかったから、こっち、すっごく張っちゃってるのよ」

莉央が自身の右乳房を持ちあげる。パンパンに張った感触とずっしりとした量感が手のひらから伝わってくる。

「ま、まさか、莉央さん、ぼ、僕に……ゴクッ」

「もちろんイヤだったら断ってくれていいのよ」

「そんな、イヤじゃないですけど、でも、本当にいいんですか。ぼ、僕、なんかが莉央さんのオ、オッパイを……旦那さんに頼んだほうが」

何度も生唾を飲み、祥平が真っ赤に染まった顔でこちらを見つめ、上ずった声で尋ねてくる。言葉とは裏腹、その目が期待に輝いていることが伝わってくるだけに、莉央の下腹部のモヤモヤが増大していく。

「残念ながら、主人は全然、協力してくれないの。だから、毎日、余った母乳は自分で搾って捨てているくらいなのよ」

「そ、そんなもったいないことを……ゴクリッ」

若妻が乳房から母乳を搾り出している姿でも想像したのか、少年の喉がいままでで一番大きな音を立てた。

「お願い、できる？」

「は、はい、僕なんかでよければ」

改めて尋ねると、どこか陶然とした表情で頷いてきた。

「ありがとう」

莉央はにっこりと微笑み、祥平の横へと移動すると、右乳房を差し出してやった。

「あぁ、莉央さん……」

恍惚の呟きを漏らし、少年の左手が右乳房にそっと重ねられた。

「あんッ」

「あっ、ごめんなさい」

甘いうめきを漏らしてしまった莉央に、祥平が慌てて左手を離してくる。

「ううん、いいのよ。私こそ、変な声、出してごめんなさいね。ほら、ちゃんと左手で右のオッパイを支えてちょうだい」

少年の初心な態度に優しい気持ちになりつつ、改めて左手を摑むと母乳で張った膨らみにいざなう。祥平の指先が乳肉に触れた瞬間、莉央の腰がぶるっと震えた。

（あぁん、胸、こんなふうに触られるの、ほんと久しぶりすぎて、私……）

「莉央さんのオッパイ、こんなに大きいなんて……それに、すごいパツパツになってて、弾力がすごいです」

「ミルクでパンパンに膨らんじゃってるのよ。さあ、吸ってちょうだい。祥平くんが私のオッパイ、楽にして」

慈《いつく》しむように右乳房を揉んできた祥平に、若妻の性感が浸食されていく。

「は、はい」

かすれた声をあげた少年の唇がゆっくりと右乳首に接近してくる。次の瞬間、黒ずんだ乳頭がパクンッと咥えこまれた。きっと本能がそうさせるのであろう。祥平はすぐさまヂュッ、ヂュチュッと母乳を吸い出しはじめた。

「あんッ」

ゾクリッと愉悦が背筋を駆けのぼり、またしても甘いうめきがこぼれ落ちた。

(こんな一生懸命にオッパイを求めてくるなんて、大きな赤ちゃんみたいだわ)

ヂュッ、チュチュゥ……と音を立て一心に母乳を吸っている祥平の懸命さが、莉央の母性をいやでもくすぐってくる。

(あぁん、でも、やっぱり赤ちゃんと違って、吸い出す力、強い……)

乳児の大切な栄養源たる母乳を、性に目覚めた男子中学生に与えている背徳。夫以外の男性に身体を触らせている罪悪感が、性的に満たされぬ肉体を抱《かか》えた莉央の性感も揺さぶってきていた。

「飲んで、右のミルクは全部、祥平くんにあげるから、だから、はぁン……」

右手を少年の後頭部に這わせ優しく撫でつけながら、莉央は鼻にかかった甘い声でさらなる吸乳を促した。

「ンぱぁ、はぁ、美味しいです、莉央さんのオッパイ。ほんとにもっと飲んで、いいんですか？」

いったん乳首を解放した祥平が、恍惚の表情で見つめてきた。その蕩けた顔が若妻の母性と淫欲をさらに刺激してくる。

（母乳なんてけっして美味しいものではないのに、こんなに喜んでもらえるならいくらでも……）

赤子に与えるものだけに、莉央は自身の母乳の味見をしたことがあった。かすかな甘みのあるうすめた牛乳のように感じ、積極的に飲もうと思うものではなかった。にもかかわらず、目の前の少年はウットリとした眼差しで求めてくれているのだ。

「いいのよ。結衣はしばらくお腹いっぱいだろうから、いま残っている分は全部、祥平くんのものよ」

「あぁ、莉央さん……」

陶然とした呟きとともに、祥平は再び右乳首に吸いつくと、先ほど以上の貪欲さで母乳を嚥下してくる。さらによく見ると、左手で莉央の右乳房に触れながら右手は自身の股間に這わされ、学生ズボン越しのペニスをギュッと握っていた。

（祥平くん、本当に興奮してるんだわ。あの内側には祥平くんの硬いのが……。見たい！　久しぶりに男の人の硬いの、見てみたい）

一年以上まみえていない男性器。それを欲する牝の感情が怒濤《どとう》の勢いで押し寄せてくる。

「ねえ、祥平くん、オチ×チンがつらかったら、出していいのよ」

「えっ!?」

思わず口をついてしまった言葉に、少年がハッとした様子でしゃぶっていた乳首を解放すると、両手で股間を覆い隠し、恥ずかしそうにうつむいてしまった。

「恥ずかしがらなくていいのよ。私のオッパイでそんなふうになっちゃったのなら、私が楽にしてあげるから、ズボンを脱いで私に、お姉さんに見せて」

（やぁン、私、なに、大胆なことを……。でも、ダメ、なんかエッチなスイッチ、入っちゃってる）

乳首を吸われたことで昂《たかぶ》っていた性感。そこに祥平の初々《ういうい》しすぎる反応で鷲掴みされた母性が加わり、莉央の中のオンナが暴れだしていた。

「な、なにを言ってるんですか、そ、そんなこと」

「だって、母乳を吸ってくれるよう頼んだのは私なんだし、その結果、祥平くんがそうなったのなら、そのままお家に帰すわけにはいかないもの。責任、取らせて」

「り、莉央、さん……」

「さあ、恥ずかしがらないで」

優しく頷《うなず》きかけると、莉央は胸の上にめくりあげた状態であったTシャツを完全に脱ぎ捨てた。さらに、カップが左右に離れた形のフロントホックのブラジャーも、床に脱ぎ落とす。これで若妻の上半身は完全な裸となった。

「ほ、ほんとに、莉央さんが僕のを……」

「そうよ。祥平くんを私に見せてくれれば、そのあとはちゃんと……ねッ」

「は、はい」

裏返りそうに声を震わせた祥平が、ついに椅子から立ちあがる。

やはり恥ずかしいのだろう、逡巡《しゅんじゅん》を見せつつもやがてふっと息をつき、覚悟を決めたように学生ズボンとその下の下着を一気に足首まで脱ぎおろした。

「あぁん、すっごい、そんなに大きくしてたのね」

あらわとなった少年のペニスを目《ま》の当たりにした瞬間、莉央の口からは感嘆の声が漏れた。中学二年生、成長途上の淫茎。成人男性と比べればまだまだ線が細い印象で、亀頭も半分ほど包皮にくるまれているが、オトコとしての機能を誇示するように、裏筋を見せつける形でそそり立っている。

「そんなに見られたら、恥ずかしいです」

羞恥に頬を染め、小刻みに身体を震わせた祥平が、両手でペニスを隠すそぶりを見せた。

3

「ダメよ、隠しちゃ。ほら、こっちに来て」

上半身裸の若妻が艶めいた微笑みを浮かべ、テレビ前に置かれた二人掛けのソファへと誘ってきた。莉央がソファの左側に座り、太腿をポンポンッと叩いてみせる。

「えっ、あの、それって……」

「膝枕。まだちょっと張った感じが残っているから、もう少しだけ飲んでくれる」

戸惑った表情を浮かべた祥平に、莉央は両手をお椀形の膨らみの下弦に這わせ、その量感を誇示して見せた。

(まさか莉央さんにこんなエッチな側面があったなんて……)

愛らしい顔におっとりとした雰囲気を持つ若妻が見せた妖艶な一面、祥平の背筋がゾクゾクッとなった。

学校帰りに偶然、出会ったことからの思いがけない展開。お茶をご馳走になるだけのつもりが、まさか母乳まで飲ませてもらえるようになるとは、想像を絶する流れである。

(莉央さんがいきなりオッパイを出したときには、あまりに突然のことでパニックになりそうになったけど、そのあとにこんなことが待っていたなんて……)

いきなり結衣に母乳を与えたのを見た瞬間は本当に焦った。もちろん乳児が最優先になることは理解できたのだが、まさか自分がいる前で惜しげなく双乳を晒すとは考えたこともなかったのだ。

見てはいけない、そう思い慌てて視線をそらせたものの、脳裏にはしっかりと初めて目の当たりにした乳房の映像が刻みこまれ、ペニスを一気に屹立させてしまったのである。そこにきて、余分な母乳を減らすお手伝いだ。中学生の祥平は戸惑いを覚えつつも、またとない僥倖に流されるがままになっていた。

「ほら、学ランの上も脱いで、こっちにいらっしゃい。祥平くんのそれ、ちゃんと楽にしてあげるから」

「は、はい」

莉央の視線を硬直に感じ、腰がぶるりと震えてしまった。勃起を、それも亀頭がまだ完全に露出していない、大人になりきっていないペニスを見られることには、やはり抵抗がある。だが、その羞恥を上回る興奮が全身を駆け巡っていた。

祥平は生唾を飲みこむと言いつけを守るように学ランをその場で脱ぎ捨て、ワイシャツの裾から勃起を生やした状態で若妻の元へと歩み寄った。促《うなが》されるまま、頭を莉央の太腿に乗せていく。見あげるとそこには見事な張りに満ちた美しい半球が二つあり、その先端の黒ずんだポッチは少し肥大化し、その周囲にはミルクがかすかに滲んでいるのがわかる。

「あぁ、莉央さんのオッパイ、下から見ても、すっごい……」

「祥平くんのこれも、とっても素敵よ」

膨らみの向こうから甘い声が降ってきたと思った直後、下腹部に張りつきそうな急角度でそそり立つペニスに、人妻のほっそりとした指先が絡みついてきた。

「ンはっ！　あぅッ、あぁ、り、莉央、さン……」

(なっ、なに、これ!?　ほかの人に触られるのが、こんなに気持ちいいなんて……。あぁ、これ、すぐに……)

その瞬間、脳天に鋭い快感が突き抜け、目の前が一瞬にして真っ白となった。射精感が一気に押し寄せてくる。

「はぁン、すごい……。こんなに熱くて、硬いなんて……。どう？　気持ちいい？」

「す、すごいです。こんなの、あくぅッ、ダメ、そんな、いまこすられたら、僕、すぐに……」

甘い囁きとともに繰り出された優しい手淫。莉央のなめらかな指先が強張《こわば》りを上下にこすりあげるたびに、痺れるような愉悦が快楽中枢を揺さぶってきた。ペニスは小刻みな痙攣に見まわれ、とぐろを巻く煮えたぎった欲望のマグマが、その圧力を猛烈な勢いで高めている。

「いいのよ、出して。祥平くんのオチ×チンから、白いのがピュッて出てくるの、見せて。ほら、あと、オッパイも飲んでちょうだい」

「はぁ、り、莉央、さん……」

いままで経験したことのない淫悦に全身を震わせながらも、祥平は左手で若妻の右乳房にのばしていった。そっと肉房を揉みあげると、しっかりと柔らかさが伝わってくるにもかかわらず、強い弾力で指が押し返されてくる。

(莉央さんの、隣に住んでる奥さんの、結衣ちゃんのママのオッパイにまた触れるなんて……。こんなの許されないのはわかってるけど、でも、我慢できない。また、ミルク、ほしい)

「あんッ、いいわ、好きにモミモミしてくれていいから、ちゃんと母乳も飲んで」

「は、はい」

莉央の甘いおねだりに上ずった声で返事をすると、祥平は太腿から頭を浮かせ、少し肥大化した黒ずんだ乳首を再びパクンッと咥えこんだ。とたんに鼻腔には甘ったるい乳臭が襲いかかり、その香りに脳が酔わされてしまいそうになる。

（あぁ、やっぱり莉央さんのオッパイ、すっごく甘い匂いがしてる。それに、この母乳の味も、なんかクセになっちゃう）

「ヂュッ、チュパッ、ちゅちゅぅ……」

控えめな甘さとほのかなミルクの味わいが、なんともいえない安心感を与えてくれていた。物心つく前に母親を亡くしている影響もあるのか、祥平は母性の象徴たる乳房を必死に求めつづけた。

「はンッ！　飲んで、溜まっているミルク全部、吸い出してちょうだい」

母乳を吸引しだしたとたん、若妻の身体がビクッと震えたのがわかる。ペニスを握る右手に力が加わり、祥平の腰も大きく跳ねあがってしまう。

「ンぅッ、ん〜ン」

（はぁ、ダメだ。こんな気持ちいいの、すぐに出ちゃうよぅ……。くぅ、でも、まだ我慢だ。こんなふうにオッパイを飲ませてもらうなんて経験、もう二度とないかもし

れないんだから、いまはギリギリまで耐えないと）

莉央の右手が肉竿を上下するたびに、チュッ、クチュッと粘ついた摩擦音が起きるようになっていた。それは包皮から顔を覗かせた亀頭先端から滲み出した先走りが、大量に裏筋を垂れ落ち、人妻の指先に絡みついた音。さきほどまで赤子をあやし、慈しんでいた手を欲望の先走りで汚す背徳感に、ゾワッと腰が震えてしまった。

「あぁん、すごい。祥平くんのオチ×チン、ピクン、ピクンッて元気に跳ねあがっている。もうすぐ、出ちゃいそうなのね。いいのよ、出して。私のミルクを飲みながら、祥平くんも元気なミルク、いっぱい出して」

莉央の右手の動きが加速した。ヂュッ、グチュッと淫音がその間隔が短くし、包皮に守られている亀頭が徐々に露出しはじめたのがわかる。自慰の際にも無理のない範囲で包皮を剝いてはいたが、若妻のスナップの利いた手淫はその領域を確実に拡大してきていた。

（あぁ、剝かれちゃう。莉央さんに完全に僕……。ンくぅ、はぁ、ダメ、もう限界）

「ンぱぁ、はぁ、莉央さん、出ちゃう！　僕、もう、あっ、あぁぁぁぁッ……」

絶頂感に咥えていた乳首を解放し、左手で弾力の強い膨らみをギュッと鷲掴む。その瞬間、祥平の腰が勢いよく突きあがった。脳内に激しいスパークが起こり、まばゆいばかりの瞬きに眼窩《がんか》が襲われる。それと同時に、露出した亀頭先端から輸精管を一気に駆けあがった白濁液が迸り出ていた。

「キャッ、あぁん、すっごい、こんなに勢いよく……」

「あぁ、莉央さん、ごめんなさい。でも、僕、我慢、できなくて」

「いいのよ、出して。溜まっているもの全部、出しきってしまいなさい」

脈動をつづけるペニスが、なめらかな人妻の手でしごかれつづけた。ドピュッ、ズビュッとそのつど欲望のエキスが噴きあがり、一部がワイシャツの上に降り注ぐ。また、白濁液が放たれるたびに、淫欲を刺激する濃厚は性臭がリビングに広がっていった。

「あぁ、莉央さん、す、すごかったです。こんなの、初めてで、ンはぁ、はぁ、ありがとう、ございました」

十回近い脈動でようやくペニスがおとなしくなると、祥平は上体を起こしあげ、愉悦でかすれた声で礼を述べた。

「うぅん、いいのよ。それにしても、本当にすっごくいっぱい出たわね。私の指も、祥平くんのでヌチュヌチュになっちゃったわ」

艶然と微笑んだ莉央が右手を掲げて見せた。すると、ほっそりとした指が白い粘液で卑猥なテカリを放っている。その瞬間、祥平の頬がカッと熱くなった。

「ご、ごめんなさい。あの、僕、ええと、ティッシュは……」

申し訳ない気持ちが一気にこみあげ、視線をあっちこっちへと飛ばし、ボックスティッシュを探してしまった。

「平気よ。こんなのは、こうすれば……」

悩ましく上気した顔に潤んだ瞳をした若妻が上目遣いにこちらを見つめながら、舌を突き出し、白く汚れた指先を一本ずつしゃぶってみせた。

「り、莉央、さん……ゴクッ」

(まさか莉央さんがこんなにエッチだったなんて……。あぁ、ダメ、また……)

おしとやかな見た目の若妻の思わぬ淫蕩さに、おとなしくなりかけたペニスが反応し、再び鎌首をもたげそうになる。

「ほら、綺麗になった。あらあら、また大きくなっちゃったの？　いけない子ね」

ネットリとした人妻の視線が天を衝く強張りに絡みついてきた。

(もしかしたら、もっとすごいことも……)

隣人の人妻とのけっして許されない行為。頭ではわかっているが、ふだん接する雰囲気とはまったく違う莉央の艶めかしさに、年頃の祥平の欲望は際限なく盛りあがってしまうのだ。しかし、そんな空気は一瞬にして吹き飛ばされた。

「ンぎゃぁ、ギャあぁ、オギャア、ンギャア……」

それまでスヤスヤと眠っていた結衣が、突然、盛大な泣き声をあげたのである。その瞬間、祥平と莉央は一気に現実に引き戻された。

「どうしたの、結衣ちゃん。ちょっと待ってね」

瞬時に母の顔へと戻った莉央がすぐさまソファから立ちあがると、お椀形の双乳をぷるん、ぷるんと揺らしながらキッチンへと駆けこんだ。大急ぎで手を洗い、再び豊乳を揺らしつつ娘の元へと駆け寄っていく。

「ごめんね、結衣ちゃん。どうした……あぁ、オムツ、替えてほしかったのね。いま替えるから、もうちょっと我慢してね」

ベビーベッドから結衣を抱きあげると、優しくあやしながらすばやく泣いている原因を探り当てていく。

(莉央さん、すっかりいつもの感じに戻っちゃったな。当然だよな。あんなこと、してくれたほうがおかしかったわけだし)

娘を再度ベッドに横たわらせ、オムツ替えをしている若妻の様子を見ながら、完全に賢者タイムへと入った祥平も脱いだ下着と学生ズボンを穿き直した。

「あ、あの、莉央さん、僕はこれで失礼します。その、いろいろとご馳走様でした」

「えっ、あぁ、うん、こちらこそ、いろいろとありがとうね。あっ！　ワイシャツ、汚しちゃったわね。脱いでいってくれれば、ウチで洗濯しておくわよ」

赤子を抱きあげこちらに視線を向けた莉央が、ワイシャツに付着している精液に目を留め、そんな提案をしてくれた。

「あぁ、大丈夫です。自分でできますから」

祥平は首を左右に振り学ランに袖を通すと、鞄を手に玄関へと向かった。結衣を抱いた莉央が見送りについてこようとする。

「あっ、そこで、いいです。あの、そんな格好、もし誰かに見られたら」

リビングを出たところで振り返ると、見送りを断った。丸見えの豊乳。黒ずんだ乳首からはいまだ母乳の残滓《ざんし》が滲み出ており、いやでもペニスを刺激されてしまう。

「あっ、そ、そうね。祥平くんがドアを開けたタイミングでもし誰かが通ったら、大変だものね。じゃあ、ここで」

ようやく上半身裸のままであることに気づいたのか、若妻がハッとしたように立ち止まった。ぺこりと頭をさげ玄関に向かうと、靴を履き、再度莉央に頭をさげた。

「それじゃあ、本当に、ありがとうございました」

「ええ、あっ、鍵はこっちで解除するわ。また、お茶しにいらっしゃいね」

母の顔からまた少しオンナの顔を覗かせた莉央がにっこりと微笑んできた。ゾクッと背筋が震え、学生ズボンの内側でまたしても淫茎が跳ねあがっていく。

「は、はい、ぜひ」

頬が熱くなるのを感じながら頷くと、艶めいた笑みを浮かべた莉央が壁際のコントロールパネルを操作し、玄関の電子キーを解錠してくれた。名残惜《なごり》しさを覚えつつもう一度頭をさげた祥平は、玄関扉を開け、藤村家をあとにした。

ドアが閉じた直後、ガチャンっと電子キーが施錠される。それを確認し隣の自宅に向かおうとした直後、今度は後方から声をかけられた。

「あら、祥ちゃん、どうしたの？　藤村さんのお家に用事だったの？」

それは優しさの中にも艶めきを帯びた声。引っ越し直後からの隣人。祥平のことを我が子のように可愛がってくれている、西岡百合恵の声であった。

「あっ、百合恵おばさん。お買い物の帰り？」

(まさか、このタイミングで百合恵おばさんに会うなんて……)

問いには直接答えず、エコバッグを手にしている百合恵に尋ねた。

百合恵は祥平よりもまだ五センチほど背が高い、目鼻立ちのはっきりとしたうりざね顔の美人である。半袖の黒ニットに細身のブラックジーンズという格好が、長身でグラマラスな肢体をより際立たせていた。

　ニットを突きあげる胸の膨らみなどは、先ほどしゃぶらせてもらった莉央の乳房よりも確実にたわわであり、一目見ただけでペニスがピクッと反応してしまう。そのくせウエストはしっかりと括れた印象で、ツンッと突き出した双臀にスラリと長い脚とまるでモデルのようであった。

「そうよ。それで、祥平ちゃんはどうして藤村さんのお家に？」

　近寄ってきた百合恵に改めて問われ、祥平は学校帰りにスーパーから出てきた莉央と出会い、荷物を持ってあげたことを、自宅前へと移動しながら正直に告げた。

「それで、お茶をご馳走になって、家に戻るところだったんだよ」

　母乳を飲ませてもらい、そのうえ、手淫までしてもらったことは、さすがに口が裂けても言えない。

「そうだったの、祥ちゃんはほんと、優しい子ね。あら、顔が少し赤いみたいだけど、具合でも悪いの？」

　そういうと百合恵はいきなり右手を祥平の額にあてがってきた。少しヒンヤリとした指先が、なんとも心地よく感じられる。しかも、視線を少し下に向ければ、莉央以上に巨大な胸の膨らみが、大迫力で目に飛びこんできた。

「ううん、全然、元気だよ」

（ヤバイ！　おばさんに莉央さんとのこと、バレるわけにはいかないぞ。それにしても、おばさんのオッパイ、やっぱりすっごく大きい）

慌てて視線をそらせながら、少し上ずった声で返していく。

「そう、熱もないみたいだし、それならいいけど。またお父さんの帰りが遅い日にはご飯を食べにいらっしゃい」

額から右手を話した百合恵が、慈愛に満ちているのに、胸の奥をざわつかせる色っぽい笑みでそう言い、そのまま隣の五〇七号室へと向かっていった。

「うん、わかった。それじゃあ、また」

笑顔で頷き、祥平も自宅の鍵を開け、中へと入るのであった。

第二章　憧れの人妻の秘唇

1

ピンポ〜ン、ピンポ〜ン。

家事を終えた西岡百合恵が、テレビを見ながらノンビリしていた午後二時すぎ。インターホンが鳴らされた。

(この音は玄関前……。マンション内の誰かね)

マンションエントランスのオートロックからの呼び出しは、ピポンピポン、ピポンピポンと速いリズムの音が連続で鳴り、各部屋前のインターホンはゆったりとした音に設定されていたのだ。

百合恵はソファから立ちあがると、リビング入口の壁際に設置されていたコントロールパネルに向かった。

（あら、莉央さん。なにかあったのかしら）

カラーモニターに映っていたのは、二軒隣の若妻、藤村莉央であった。その胸に生後四カ月の結衣を抱いているのがわかる。

「はい。ちょっと待って、いま玄関、開けるから」

「すみません」

短いやり取りのあと百合恵はすぐに玄関に向かうと、内側から手動で鍵を解除し、扉を開けた。するとそこには、右手になにやらビニール袋を持った莉央が、抱っこ紐で娘を抱えた状態で立っていた。

「お待たせ。どうしたの？」

「すみません、突然。これ、田舎に住んでる親戚が送ってきたメロンなんですけど、箱を開けたらこんなのが六個も入っていたんです。で、ちょっと食べきれないので、お裾分けにと思って」

そう言って莉央は手にしていたビニール袋を差し出してきた。そこには確かに、果皮に細かな編み目の入ったメロンが二つ、入っていた。

「えっ？　二つも？　いいの？」

「はい、ぜひ。ウチの旦那、あんまりメロン、好きじゃないので。私一人じゃ持て余しちゃいますから」

「そういうことなら、遠慮なく。時間があるのなら、お茶でもどう？」

苦笑を浮かべる莉央に礼を述べた百合恵が、今度は逆に誘った。

「はい、お邪魔します」

可愛らしい微笑みの若妻に頷き返し、家の中へと招じあげる。

百合恵の家は、莉央や祥平の家より少し広い3LDKであった。これは結婚当初、将来子供が出来たときのためも考えての選択であったが、いまだ子宝に恵まれず、いまでは夫婦それぞれに寝室を分け、リビングから直接繋《つな》がる一部屋は、納戸《なんど》兼夫が在宅ワークをするとき用の書斎、となっていた。

招き入れた莉央に三人掛けの革張りのソファを勧め、自身はお茶の用意をするためキッチンへと向かった。

「あっ、そのメロン、熟しているみたいなので冷蔵庫保存がいいみたいです」

「わかったわ、ありがとう」

言われたとおりメロンは冷蔵庫の野菜室に入れ、百合恵はコーヒー豆を入れた瓶を開け、ミル付きの全自動コーヒーメーカーにセットした。二杯分の水を入れ、スイッチを入れる。しばらくすると、馥郁《ふくいく》たるコーヒーの香りが鼻腔をくすぐってきた。ドリップの終わったコーヒーをカップに注ぐと、お盆の上にクッキーを盛った皿といっしょに載せ、莉央の元へと運んでいった。

「すみません。いただきます」

莉央が小さく頭をさげ、カップを手にした。百合恵も若妻の隣に腰をおろし、カップを口元に運んだ。ふわっと口の中に広がり鼻腔に抜けていく芳醇な香り。適度な酸味があるのにフルーティでスッキリとした口当たり。口に含んだだけで、自然と頬が緩んでしまう。

「あぁ、やっぱり美味しい。これ、この前お邪魔したときに飲ませていただいた、すっごく高いやつですよね。その昔、フランスの王様が愛したとかいう。いいんですか、こんな高いコーヒー、飲ませていただいて」

「いいの、いいの。メロンを二つももらったし、そのお礼よ」

「あのメロンはそこまで高くないと思うんですけど、ありがとうございます。なんか得した気分です」

愛らしい顔に柔らかな笑みを浮かべる莉央に、百合恵も自然と笑顔になっていた。

直後、仲間ハズレはイヤだと叫ぶように、若母の胸に抱かれていた赤子が「オギャー、ンギャー」と泣き声をあげた。

「あら、あら、どうしたの、結衣ちゃん。ちょっと、すみません」

ソファから立ちあがった莉央が、娘をあやすように身体を揺らしてリビング内をゆっくりと歩きまわった。だが、なかなか泣きやまない。

「オムツではなさそう、ということは……。すみません、百合恵さん、オッパイ、あげてもいいですか」

「もちろんよ。遠慮しないでちょうだい」

申し訳なさそうな顔を向けてきた莉央に、百合恵はすぐに頷き返す。

「ほんとすみません」

ソファに戻ってきた莉央は抱っこ紐を外すと、改めて娘を胸に抱きあげた。

右手で器用にTシャツをたくしあげ、ブラジャーのフロントホックを外す。

母乳パッドが床に落ちると同時に、弾けるように飛び出したパツパツに張った豊かな双乳。その少し黒ずんだ乳首を赤子の小さな口にあてがっていく。すると結衣はピタリと泣きやみ、すぐにパクンッと乳頭を咥えこんだ。

「お腹が空いちゃってたのね」

床に落ちた母乳パッドを拾いテーブルの上に置いた百合恵は、懸命に母乳を吸っている赤子の姿に優しい気持ちになっていた。

(やはりこうやってオッパイをあげている場面を見ると、ちょっと羨ましいわね)

結婚して八年。三十代半ばになってしまった百合恵にとっては、微笑ましさと同時に羨望を覚える光景であった。しかし直後、あることに思い当たり、ハッとした。

(もしかしたら、昨日、祥ちゃんもこんな場面を見ちゃったんじゃ……)

変声期を迎え、大人っぽさも出てきたとはいえ、まだまだ幼い顔立ちをした祥平。中学二年生ともなれば、性に目覚めていても不思議ではない。赤子への授乳という神聖な行為も、年頃の男の子には刺激的すぎる眺めとなろう。もし、目の前で授乳シーンを見てしまっていたとしたら、顔が赤らんでしまってもおかしくはない。

「ねえ、莉央さん、変なことを聞くけど、昨日、祥平くんの前でも結衣ちゃんにオッパイ、あげた?」

「えっ！　ど、どうしてですか？」

突然の問いかけに驚いた表情を浮かべた若妻が、娘に授乳しつつ聞き返してきた。そこで百合恵は、前日、買い物帰りに藤村家を出てきた祥平と鉢合わせをしたことを伝え、そのときに少年の顔が赤かったのだと教えてやった。

「あぁ、なるほど……。確かに、帰るときの祥平くん、頬を赤らめてましたね。百合恵さんのおっしゃるとおりなんです。お茶を振る舞っていたら突然、結衣が泣き出してしまって、ついついいつものクセで胸を出してしまったんです。祥平くんが顔を赤らめているのに気づいて、ハッとしたんですけど、そのときにはいまと同じ格好になってましたから」

そういう莉央の顔には、祥平に対する申し訳なさと同時に、年頃の男の子に乳房を見られた羞恥が見て取れた。

(やはりそうだったのね。でも、まあ、結衣ちゃんが最優先の状況では納得だわ)

「まあ、途中でやめるわけにはいかないものね」

いったん乳首を解放した娘を抱《かか》え直し、今度は右の乳頭を与えていく若母を見つめながら、百合恵は納得したように頷いた。

「そうなんです。私たちが伯母に家を譲ってもらって越してきたときには、祥平くんはまだ小学生だったので……。でも、あれから二年、彼も中学生、悪いことしちゃったなあと思って」

「その感覚はわかるわ」

なにせマンション新築当時、祥平は小学校にあがる前年だったのだ。父子家庭で家に一人でいることも多かった少年をなにかと気遣い、面倒を見てきた。いまだ夫婦には子供がいないため、百合恵にとって祥平はいまや息子のような存在になっている。祥平もすぐに百合恵に懐《なつ》いてくれたこともあり、擬似母子のようなものであった。

「私もちょっと恥ずかしくなっちゃって、思わず、『祥平くんも飲んでみる?』って聞いちゃいました」

「えっ!?」

この八年間のことを思い出していると、思いがけない言葉が鼓膜を震わせ、赤子にミルクを与える若母をまじまじと見つめてしまった。

「あっ! もちろん、してないですよ。祥平くんの顔、さらに赤くなっちゃって、こっちもさらに恥ずかしくなっちゃいましたよ」

「わかってるわよ」

慌てて否定してくる莉央に、表面的には理解を示しつつ、内心は穏やかでないものを感じていた。

(確か以前、母乳の出がよすぎて困っている、みたいなことを聞いたような……。もし祥ちゃんが頷《うなず》いていたら、莉央さん、どうするつもりだったのかしら。本当に祥ちゃんにお乳を……)

大切な息子をたぶらかされたような、落ち着かない気持ちになってくる。

「あら、もういいの？　お腹いっぱいになった？」

莉央の声に再び若妻を見ると、結衣が乳首を解放し、天使の微笑みで満足そうに小さな手を動かしていた。

「抱っこしていてあげるから、胸、しまっちゃいなさい」

「あぁ、すみません、ありがとうございます」

「は～い、結衣ちゃん、お腹いっぱいになったの？　そう、よかったわね」

莉央から赤子を預かった百合恵は、「キャッ、キャッ」と嬉しそうな声をあげている結衣を胸に抱き、叶わなかった母親気分を一時味わった。その間に若妻がブラジャーを着け直し、Tシャツの裾を戻していく。若妻が再び抱っこ紐を胸の前にセットしたので、そこに乳児を返してやる。

「すみません、お騒がせしました」

「そんなことないわよ。コーヒー、冷めちゃったわね。淹《い》れ直すわ」

「いえいえ、大丈夫です。たぶん、もうすぐオムツ交換しないといけなくなるので、失礼しますから」

キッチンに向かおうとした百合恵に莉央が首を左右に振ってきた。そして、カップに残っていたコーヒーを飲み干していく。

「そう？　それじゃあ、また今度、ゆっくりとね」

「はい。ご馳走様でした」

「結衣ちゃんも、また来てね」

にっこりと微笑む若妻をともない玄関へ向かうと、天使の笑みを浮かべつづけている結衣の頬をツンツンッとしてやる。するとまた嬉しそうに「キャッ、キャッ」と声を出してきた。

「それでは、本当にご馳走様でした」

「いいえ、こちらこそ、メロン、ありがとうね」

手動で鍵を解除し玄関を開けてやると、莉央が小さく頭をさげ、二軒隣の自宅へと戻っていくのを笑顔で見送るのであった。

2

「いらっしゃい、祥ちゃん。さあ、あがってちょうだい」

「お邪魔します」

午後五時前、学校から自宅に戻っていた祥平は隣家の熟妻、百合恵からメッセージアプリで連絡を受け取り、隣の五〇七号室を訪れていた。

「今日はお父さん、帰りどうなの？」

リビングに入りダイニングの椅子に座る。するとすぐにオレンジジュースを出してくれた百合恵が、湯飲み茶碗を手に対面に座り、そう切り出してきた。

「あっ、オレンジジュースだ。ありがとうございます」

頬を綻《ほころ》ばせた祥平は、グラスを手にすると、早速一口味わっていく。

百合恵の家のオレンジジュースは取り寄せ品らしく、スーパーでは見かけることがなかった。百パーセント天然果汁のジュースは、甘みと酸味のバランスが絶妙で、後味も非常にサッパリとしており、いくらでもゴクゴクと飲めてしまう。昔から西岡家にお邪魔している祥平は、このオレンジジュースが大好きだったのだ。

「やっぱり、美味しいね、これ。あっ、そうだ、父さんが、朝は帰ってこられるって言っていたけど、出社したら『やっぱり無理』って連絡があったよ」

「じゃあ、今夜はウチで夜ご飯、食べていきなさい。ウチのおじさんも今日は会合があって帰り遅くなるみたいだから、いっしょに食べましょう」

「いいの？　ありがとう、百合恵おばさん」

中学生にもなって隣家で食事をご馳走になることに、若干の心苦しさはあるものの、祥平にとっては百合恵の作ってくれる料理が、いわゆる「母の味」となっているだけに、正直に嬉しい気持ちのほうが強かった。

「ところで祥ちゃん、莉央さんが結衣ちゃんにオッパイをあげている場面、見てしまったんですって？」

「えっ！　あっ、う、うん……。でも、どうして、百合恵おばさんがそれを……」

突然の問いかけに、顔面が一気に熱くなるのがわかる。

(おばさんがどうして知っているんだ？　それに、どこまで知られているんだろう。まさか、オッパイ飲ませてもらったことまで……)

百合恵に軽蔑されるのではないかという不安を覚えつつも、脳裏には昨日見た若妻の乳房はもちろん、口に含ませてもらった母乳の味わいまで甦《よみがえ》り、学生ズボンから穿き替えたスウェットパンツの下で、ペニスが一気に屹立してしまった。昨日は家に帰ってから寝るまでの間に、さらに三回、若母の乳房を思い返しペニスをしごいていたのだ。それがいっそう恥ずかしさを助長し、身体をモジモジとさせてしまう。

「昼間、莉央さんがウチを尋ねていらしたのよ。そのときに結衣ちゃんが泣き出しちゃって、オッパイをあげていたの。それを見て、もしや、と思ったから聞いてみたってわけ」

「あぁ、なるほど」

（おばさんのこの話し方だと、莉央さん、僕にもオッパイくれたことは、言ってないみたいだな。まあ、さすがに、言えないか）

百合恵からの説明に、祥平はどこか胸を撫でおろす気持ちがした。

「だって、昨日、藤村さんの家から出てきた祥ちゃん、本当に顔が赤かったんですもの。それと、覚えていないかもしれないけど、祥ちゃんはおばさんのオッパイ、吸ったことあるのよ」

「えっ!?」

ホッとしたのも束の間、予想外の言葉に目を見開いてしまった。

（僕が、百合恵おばさんのオッパイを？　あの大きなオッパイを僕が……）

祥平は目の前に座る人妻の、ポロシャツを誇らしげに突きあげる膨らみに視線を注ぎ、ゴクッと唾を飲んでしまった。いきり立った強張《こわば》りがピクッと跳ねあがり、精巣が活発な動きを開始していく。

「もう、そんなジッと見つめないで、おばさんでも恥ずかしいのよ」

「あっ、ご、ごめんなさい。でも、そんなこと、いつ？」

けっして怒った雰囲気ではないが、どこか困惑の色合いを声に乗せた百合恵に、祥平は慌てて乳房から視線をそらせると、オレンジジュースで喉を潤し、疑問の声を発していた。

「やっぱり、覚えてないわよね。小学校にあがったばかりの頃だったかしら、祥ちゃん、高熱を出して寝こんでしまったことがあったのよ。お父さんが看病していたんだけど、その日はどうしても外せない仕事の予定があったみたいで、『平日、お願いできませんか』って私に頭をさげてくださったの」

「あぁ、なんか思い出しました。何日か学校を休んだことがあったなあ。あのとき？」

「たぶん、そうよ。汗をかいていたから拭いてあげたりしてたんだけど、そのとき祥ちゃん、いきなりおばさんの胸に顔を埋《うず》めてきたのよ」

「そ、そんなことが？　ごめんなさい」

懐かしそうに話す百合恵に、祥平は恥ずかしくなって頭をさげた。

「いいのよ、全然。それどころか、そのときの祥ちゃんがとっても可愛くって、思わずおばさん、胸を出してオッパイ、吸わせちゃったくらいなんだから」

「そ、そうだったんだ」

（まったく覚えてないけど、だとしたら、なんて羨ましいことをしてもらってたんだろう。もしかして僕が大きなオッパイを好きなのって、そのときの百合恵おばさんが影響しているのかもしれないな）

思い返せば精通は夢精であった。そのとき夢の中で、大きく柔らかな乳房に夢中でしゃぶりついていたのだ。きっとあれは潜在意識に潜んでいた百合恵の豊乳であったに違いない。そして、だからこそ、祥平は自慰の際に隣の熟妻との行為を妄想することが多いのだろう。いま完全に一つに繋がったような気がする。

「ねえ、祥ちゃん。また、おばさんのオッパイ、吸ってみる？」

「えっ!?　ゆ、百合恵おばさん、なっ、なにを言って……」

妄想の中でしか聞いたことのない言葉を告げられ、祥平は大きく目を見開いてしまった。だが、ペニスは盛大な胴震いを起こし、包皮から頭を覗かせている亀頭先端から、先走りがジュッと滲み出していた。

「中学生になった祥ちゃんに言うことではないんだけど、おばさん、莉央さんが結衣ちゃんにオッパイをあげているのを見て、とっても羨ましくなっちゃったのよ。でも、おばさんのところは、子供いないし」

恥じらいを浮かべつつも少し寂しそうな顔をした百合恵に、祥平の胸の奥がキュンッとさせられてしまった。

(本当に許してもらえるのなら、こんなに嬉しいことはないけど)

妄想の中ではほぼ毎日揉みしだいている豊乳。それを現実にさせてもらえそうな展開に、心臓が早鐘を打ちはじめてしまう。ペニスはいまや断続的な痙攣に見まわれ、なにもしなくても精を噴きあげてしまいそうなほどだ。

「百合恵おばさんのオッパイに甘えさせてもらえるなら僕はすっごく嬉しいけど、でも、本当にいいの、僕なんかが……」

声を上ずらせた祥平は期待の籠《こも》った眼差しを目の前の熟妻に向けた。

「ええ、だって祥ちゃんは私にとって息子のような存在だもの。母親が子供にお乳を与えるのになんの遠慮がいるのよ」

目鼻立ちの整った艶っぽい顔に優しい笑みを浮かべると、百合恵が椅子から立ちあがり、祥平の側へとやって来た。そして着ていたポロシャツを脱いでくれたのである。

「す、すごい！　おばさんのオッパイ、ブラジャー、大きい」

自然と声が漏れてしまった。あらわとなった熟妻の胸元には、巨大なカップを持つベージュ色の下着が見えていた。

(おばさんのオッパイ、莉央さんとは比べようがないほど、大きい。あのオッパイを僕はこれから……）

フルカップのブラジャー、サイドを走る太いベルトを見るだけで、確実に莉央よりもたわわであることがわかる。もうすぐナマ乳を拝ませてもらい、さらにはしゃぶらせてもらえるのだと考えただけで、スウェット下のペニスは小刻みな痙攣を起こし、大量の先走りで下着を濡らしてしまうのだ。

「やっぱりちょっと恥ずかしいわね。でも、おばさんが言い出したことですものね」

そう言って百合恵は両手を背中にまわすと、プチンッとホックを外してくれたのだ。うっすらと頬を赤らめつつ、ブラジャーを床に脱ぎ落としてくる。

「なっ!? 百合恵おばさんのオッパイ、そんなに大きかったなんて……。すっ、すごすぎるよ！」

ぶるんっとたわみながら姿を見せた豊乳は、重力に逆らうように力強く前方に突き出した砲弾状をしており、柔らかさを強調するようにいまだに揺れの余韻を見せつけている。出産を経験し現在進行形で授乳を行っている莉央と違い、百合恵の乳暈は薄茶色であり、乳首はいまだにピンク色を保っていた。

「あぁん、ほんとに恥ずかしいわ。大きすぎて、変じゃない？」

「全然変じゃないよ。僕、百合恵おばさんの大きなオッパイ、大好きだよ」

「あぁ、祥ちゃん。吸って！　結衣ちゃんが莉央さんの母乳を飲むみたいに、ミルクは出ないけど、祥ちゃんがおばさんのお乳、チュウチュウしてちょうだい」

祥平の返事に嬉しそうな笑みを浮かべ、百合恵が己《おのれ》の右手で右乳房を持ちあげるようにしながら、祥平の口元に差し出してきた。

「あぁ、おばさん……」

恍惚の呟きを漏らし、祥平は熟女の右乳首をパクンッと咥えこんだ。鼻を押しつけた乳肉の柔らかさは蕩けるほどであり、鼻腔をくすぐる乳臭も莉央ほどではないが、充分な甘さを感じさせてくれる。自然と右手が左の膨らみにのばされ、手のひらを命いっぱい広げても覆いきれない熟乳をやんわりと揉みあげていた。

(うわっ、すっごい、百合恵おばさんのオッパイ、こんなに柔らかいんだ)

指がどこまでも沈みこんでいくような感触に、ウットリとしてしまう。

「はぁン、祥ちゃん、いいわ、好きにして。おばさんのオッパイ、祥ちゃんだけのモノにしてくれていいのよ」

鼻にかかった甘ったるい囁きが、祥平の性感を煽り立ててきた。完全勃起のペニスは、いまやいつ暴発してもおかしくない状況になっていた。

「ンぱぁ、あぁ、おばさん、気持ちいいよ。こんなに大きなオッパイに触れて、甘いお乳を吸えるなんて、もう、最高すぎるよ」

「いいのよ、好きにして。おばさんのオッパイでよければ、好きなだけ、モミモミ、チュパチュパしてちょうだい」

「はぁ、百合恵おばさん……」

感嘆の吐息を漏らし、祥平は再び熟妻の乳首にしゃぶりついた。百合恵の言うとおり、母乳は出ないが、それでもチュパッ、チュパッと吸い立てていると、なんともいえない安心感が全身を包みこんでくれる。

「あぁん、祥ちゃん、いいわ、素敵よ。祥ちゃんにオッパイ触られていると、おばさんも変な気持ちになってきちゃうわ。ねえ、反対もよ。今度は左のオッパイをチュウチュウしながら、右のオッパイをモミモミして」

（おばさんの声、普通でも色っぽいのに、そんなこと言われたら、さらにたまらなくなっちゃうよ）

ズキズキ疼く硬直を抱えた祥平は、それでも今度は左の乳頭にしゃぶりつくと、左手で右の熟乳を捏ねまわしていった。得も言われぬ柔らかさと、鼻腔を突き抜ける甘ったるい香りが夢幻の狭間へといざなってくる。

「ンぅん、祥ちゃん……はぁ、ほんとに、いい……」

百合恵の腰が悩ましく左右に揺れはじめていた。上目遣いに熟女を見ると、ぽってり肉厚な唇が半開きとなり、ゾクリとくるほどの艶を放つ切れ長の潤んだ瞳がこちらを見つめていた。

(嘘だろう。こんなエッチな百合恵おばさん、初めて見るよ。おじさんとエッチするときはいつもこんな顔、してるのかな。はぁ、本当に出ちゃいそうだ。でも、出すわけには……)

初めて見る百合恵のオンナの顔に、ゾワゾワと腰がわななき射精感が一気に押し寄せようとしてきた。肛門を引き締め、必死に衝動をやりすごしていく。だが、そんな苦労をあざ笑うような事態が起こった。熟女の右手で、なんの前触れもなくスウェットを盛りあげる股間に這わされてきたのだ。

「ンむッ！　あぁ、オ、おばさん、だ、ダメぇぇぇぇぇッ！」

限界を迎えていたペニスが、百合恵の指先ですっと撫であげられた刹那、祥平の腰に激しい痙攣が襲いかかった。椅子に座ったままの腰がビクン、ビクンッと何度も跳ねあがり、ボクサーブリーフの内側に大量の白濁液をドップリと吐き出してしまったのである。

「えっ？　あっ！　ごめんなさい、祥ちゃん。もしかしなくても、出ちゃった？」

まさかこんなに簡単に射精してしまうとは思っていなかったのだろう。百合恵がどこか申し訳ない顔で謝罪してきた。その熟妻の表情が、呆気ない吐精をしてしまった羞恥をさらに盛りあげさせる。

「ううん、僕のほうこそごめんなさい、こんな……。あの、僕、今日はやっぱりご飯は家で……」

このまま百合恵といっしょの空間にいるのは、さすがに泣きたい気持ちになってくる。パンツの中の精液も気持ち悪く、このまま帰宅すると伝えた。

「ダメよ、祥ちゃん。このまま、そんな状態で帰すわけにはいかないわ。ねえ、ご飯の前に、シャワー、浴びてきたら？　汚れちゃったパンツは、おばさんが綺麗にしておくから」

「いいよ、家に帰って穿き替えるから」

「じゃあ、祥ちゃんのお家の鍵を貸して。そうしたら、祥ちゃんのお部屋から、おばさんが新しいパンツを取ってくるから」

「百合恵、おばさん？」

重量級の双乳を惜しげもなく晒したまま、なにがなんでも祥平を帰すまいとしている感じの百合恵に、訝《いぶか》しげに首を傾《かし》げた。

「だって、こんなことがあったら、祥ちゃん、なかなかウチに来づらくなっちゃうでしょう？　子供のいないおばさんにとって、祥ちゃんは息子みたいなものなの。その大切な息子が近くに、隣にいるのにいままでみたいに会えない、避けられるようになるのは、とってもつらいと思うのよ」

「そんな、僕、おばさんのこと、避けるなんてしないよ。だって僕、百合恵おばさんのこと大好きだから、だから、会えないなんて、僕のほうがずっとイヤだよ」

艶めいた相貌とグラマラスな肢体を誇る百合恵。八年前に越してきた当初からなにかと面倒を見てくれ、いつしか一人の女性として意識するようになっていた美熟女。そんな特別な存在の人妻から伝えられた本音に、祥平は感動で胸が押し潰されそうになった。そのため、気づけば祥平自身も秘めていた想いを口にしていたのだ。

「あぁ、祥ちゃん！　おばさんも祥ちゃんのこと、大好きよ。ねえ、久しぶりにいっしょにお風呂、入ろうか？」

「えっ！　お、おば、さん……」

色っぽい顔に慈愛に満ちた微笑みを浮かべた隣の熟妻に、祥平の背筋がゾクゾクッとした。一瞬にして脳裏には、いつも妄想している裸体が浮かびあがる。射精直後のペニスがピクッとわななき、精液でぬめるパンツの中で存在感を誇示しはじめてしまった。

「おばさんが祥ちゃんのお家から新しいパンツを持ってくる間に、先にお風呂に入っていて。おばさんもすぐに行くから。それか、すぐにいっしょにお風呂に行くか。その場合、汚れちゃったパンツは、とりあえず拭いて乾かすだけにして、穿き替えるのはお家に帰ったあとになっちゃうけど。どっちがいい？」

百合恵の中ではいっしょの入浴はすでに確定事項なのだろう。いまだ驚きの中にいた祥平に、二つの選択肢を提示してきた。

「す、すぐにお風呂がいいよ。僕、いますぐおばさんといっしょに……」

興奮に上ずった声で祥平は瞬時に第二の選択肢を選んでいた。

「わかったわ。じゃあ、お風呂、行きましょう」

砲弾状の熟乳を晒したまま、百合恵が右手を差し出してきた。自然と右手を出しその手を摑んで椅子から立ちあがると、美妻はそのまま手を繫いだまま後ろ向きで祥平を洗面脱衣所へといざなってくれた。

浴室の大きさはいっしょだが、西岡家のほうが洗面脱衣所のスペースは広い。しかし、二人で入ると多少の手狭感が出てしまうのは仕方がないところだろう。

「そうだ、祥ちゃん。パンツ、ここで一回、手ですすぎ洗いをして乾燥させちゃいましょう。洗濯からはじめると、時間かかっちゃうでしょうけど、乾燥させるだけなら、そこまで時間はかからないと思うのよ。どう？」

洗濯乾燥機を見た百合恵が新たな提案をしてきた。確かに汚れたパンツを拭くだけよりは、たとえ一時ノーパンにスウェットパンツとなっても魅力的だ。しかし問題は、手でのすすぎ洗いをやってもらうのはとてつもなく恥ずかしいということだ。

「うん、それでいい。でも、すすぐのは自分でやるよ。だから百合恵おばさんは脱衣所の外で待ってて。パンツを洗濯機に入れたら声をかけるから」

「別におばさんがやってもいいんだけど……。でも、そうね。祥ちゃんがそっちがいいのならそうしましょう」

祥平の気持ちを汲んでくれた百合恵がにっこりと微笑むと、いったん脱衣所から退室し、ドアを閉めてくれた。

（まさか、こんなことになるなんて……。でも、おばさんとのお風呂なんて、本当に何年ぶりだろう）

しっかりと扉が閉まった洗面脱衣所で、祥平は思わぬ展開への戸惑いと、それ以上の興奮を感じていた。小学校低学年の頃までは、けっこう頻繁に百合恵に風呂に入れてもらった記憶がある。そこから計算すると、五、六年ぶりということになろうか。

(でも、あの頃はおばさんの裸を見てもなんとも思わなかったけど、いまは……)

勃起を見られることになるのは確実だ。それは確かに恥ずかしいことではあったが、想像するしかなかった百合恵の全裸も網膜に刻みこめる代償としては、安すぎるくらいに感じる。

祥平は着ていたTシャツを脱いでたたみ、次いでスウェットパンツを脱ぎおろした。股間が当たっていた部分が、うっすらと湿り気を帯びているのがわかる。それだけで頬が熱くなってしまう。スウェットもたたんで靴下も脱ぐと、いよいよ白いボクサーブリーフだ。お漏らしをしたかのように、大きなシミを作る下着をおろす。

半勃ち状態のペニス。包皮から先端部分だけが少し出た亀頭から、ネットリとした白い粘液が糸を引くように垂れ落ちていく。そして、脱いだ下着の内側には、コッテリとした大量の白濁液が付着し、濃厚な性臭を立ち昇らせていた。

(やっぱり、これを百合恵おばさんに洗ってもらうのは、恥ずかしすぎるな)

苦笑を浮かべつつ、祥平は洗面所の水洗から水を出すと、高粘度の体液を流し、バシャバシャと何度も股間が当たっていた部分をこすり洗いした。ギュウッと固く絞り、いったん広げてから、ドラム式の洗濯機へと入れていく。

「いいよ、百合恵おばさん」

祥平自身は浴室に入り、半透明な扉を半分占めるようにして身体を隠し、首だけをドアの隙間から覗かせるかたちで、廊下で待っている百合恵に声をかけた。

「じゃあ、開けるわよ」

洗面脱衣所の扉が開いた瞬間、祥平は驚きに両目を見開いた。あらわれた熟女は、なんとすでに全裸になっていたのである。女盛りの熟した肉体が、なんの障害物もない状態で目の前にあらわにされていた。

迫力満点に突き出した豊乳は先ほどさんざん触らせてもらっていたが、その下方、少しだけ柔らかなお肉がついているように見えるが、それでも深い括れを見せつける腰回りに、綺麗なデルタ形をしている陰毛や、ムッチリと脂が乗った太腿からの見事な脚線美まで、余すことなく網膜に焼きつけることができる。

半勃ち状態であった強張りは、あっという間に天を衝き、亀頭先端がさらに包皮から顔を出す。早くも滲み出した先走りと、先ほどの射精の残滓《ざんし》が混ざり合い、濃厚な牡の匂いを撒き散らしていく。

(女の人のあそこって、あんなふうになってたのか。そうだよな、僕みたいなモノは生えてないわけだし、と、当然、だよな)

中学二年生の祥平にとって、やはり衝撃だったのは下腹部だ。母親が存命なら陰毛くらいは見ることがあるかもしれないが、父子家庭で育った祥平にとっては性に目覚めて初めて見る、女性の大切な部分であった。

「あんッ、祥ちゃん、そんな熱い目でジッと見つめないで。おばさんだって恥ずかしいのよ」

「あっ！　ご、ごめんなさい」

少し困ったような表情を浮かべた百合恵に、慌てて視線をそらせた。クスッと微笑んで、熟女がゆっくりとこちらに近寄ってくる。一度洗濯機の前で足を止め、乾燥機能をスタートさせると、タオル掛けからフェイスタオルを一枚手に取った。

そしてそのまま半分閉めていた浴室の扉を開け、浴室の中へ、祥平の隣へとやって来たのだ。

「ゆ、百合恵、おば、さん……」

(百合恵おばさんと本当に裸でお風呂に入っちゃって、こ、これから、どうすればいいんだ)

無意識のうちに両手でペニスを覆い隠していた祥平は、かすかに震える声で熟女の名を呼んだ。

「緊張してるのね。大丈夫よ、おばさんがちゃんと綺麗にしてあげるから。まずはシャワーの前に移動しましょうか。ねッ」

目鼻立ちの整った艶のある顔に優しい笑みを浮かべ、隣の人妻がカランのほうを指さした。無言のまま小さな首肯《しゅこう》を繰り返し、祥平はシャワーヘッドの真下付近へと移動していく。

依然として両手で強張りを隠したままであったが、その目は常に百合恵の完熟ボディに釘づけであった。祥平の移動に合わせて歩を進める熟女。そのつど豊かすぎる双乳がたっぷんたっぷんっと柔らかさを強調する揺れを見せつけてくる。それがさらに思春期少年の性感を刺激し、いきり立つ淫茎にいっそうの力を与えていく。

「はい。じゃあ、両手を離して、祥ちゃんのオチ×チンをおばさんに見せて」

壁に取りつけられていたフックからシャワーヘッドを外した百合恵が、すっとしゃがみこんできた。

「いや、で、でも……」

(いま手を離したら勃起をおばさんに見られちゃう……)

先ほどは一瞬とはいえ強張りを撫でられ、それが原因で射精してしまったのだが、実際の屹立を見られるのは恥ずかしさのハードルが違いすぎる。

「恥ずかしいのはわかるわよ。おばさんもいっしょだから。でも、おばさん、隠していないでしょう？　それに、おばさんは小さい頃から何度も祥ちゃんをお風呂に入れてあげてるんですからね。さあ、勇気を出して」

艶めいた美貌に浮かぶ優しい微笑みに、祥平は一度小さく深呼吸をすると、ペニスを隠す両手をゆっくりと離していった。

3

隣家の少年が恥ずかしそうに股間から両手を離した瞬間、百合恵は小さく息を呑んでしまった。そこには下腹部に張りつきそうな急角度でそそり立ち、裏筋を誇らしげに見せつける「オトコ」が存在していた。

(まだ先端は半分くらい帽子を被っているけど、でも、こんなにたくましく成長していたなんて……。あぁ、この鼻の奥を衝いてくる匂い、若いだけあって旦那とは比べものにならないくらいに濃いわ。こんな香りを嗅がされたら、私のほうが……)

三十五歳、いままさに女盛りを迎えようとしはじめている肉体が、自然と反応していく。子宮がキュンッと疼いたと思った直後、秘唇表面がうっすらと潤いはじめていた。先ほど吸われた乳首もムクムクと充血し、中心に芯が通ったようにピンッと硬くなる。同時に、たっぷりと実ったHカップの豊乳全体に張りが増していった。

（あぁん、ダメよ。祥ちゃんで、お隣の男の子で、身体をいやらしく反応させてしまうなんて、許されることではないわ）

「お、おばさん、恥ずかしいから、あまり、見ないで。それと、ごめんなさい、僕、こんなふうに……」

消え入りそうな声で意識が現実に引き戻された。まだまだ成長途中の少年らしい線の細さのある身体。その腰がモジモジと左右に揺れている。両手で強張りを隠したいのを必死に我慢している両手の落ち着きのなさが、百合恵の言いつけを守ろうとする祥平の素直さをあらわしていた。

「いいのよ、祥ちゃんもそういうお年頃になっているってことなんだから。それは、ちゃんと成長している証拠。恥ずかしがることではないわ。でも、こんな三十すぎのオバサンの身体でこんなに素敵な反応してくれるなんて思わなかったわ」

熟れた肉体が淫欲に引っ張られながらも、百合恵は目の前の少年を安心させるように語りかけていた。

「そんな、百合恵おばさんは全然オバサンなんかじゃないよ。とっても綺麗で、素敵で、すっごくスタイルがよくって、み、魅力的な女の人なんだから」

「まあ、祥ちゃんったら……。うふっ、ありがとう。祥ちゃんにそんなふうに言ってもらえるなんて、おばさんとっても嬉しいわ」

　頬を真っ赤に染めながらも懸命に言葉にしようとする祥平に、百合恵の母性がキュンッと締めつけられた。同時に、まだいたいけな印象の少年を欲情させているという現実が、熟女の性感を否が応にも煽り立ててくる。子宮の疼きがいっそう強まり、最近はまったく満たされていない肉洞が、「快感をよこせ」と訴えるようにざわめきだしていく。

(まさか祥ちゃんの言葉だけで、こんなに激しく身体が反応してしまうなんて……。もう、あなたがいけないのよ！　あなたがもっと私を満たしてくれれば、息子のように思っている男の子で、こんなふうになることもなかったのに)

　結婚九年目。五歳上の夫と当初こそ必死に子作りに励んだものの、百合恵が三十をすぎるとたんに、お互いの熱意が冷めはじめたのがわかった。

　そして三年前、とうとう寝室を別にする決断をくだす。もともと子供ができることを前提に購入した3LDKの部屋。玄関を入ってすぐ左手の子供部屋にする予定であった六畳の洋間に新たにベッドを入れ、百合恵は夜そこで寝るようになったのだ。

(でも、寝室を別《わ》けたのは失敗だったかもしれないわね。夜の性活はあれでさらに少

なくなってしまったんだから）

　寝室を別けた当初は、それでも月に数度はセックスをしていた。それがだんだんと疎遠になり、いまでは年に数回になっていたのだ。

「百合恵おばさん、あの、僕、このあと、どうすれば……」

　再び夫婦間のことに思考が戻ってしまった熟女の耳に、祥平の戸惑った声が届いてきた。その瞬間、ハッと我に返る。

（いけないわ。あの人のことは、いまはどうでもいいのよ。いま大事なのは……）

「祥ちゃんはなにもしなくていいのよ。おばさんが全部、してあげるわ」

　不安そうな少年に微笑みかけ、百合恵は空の浴槽にシャワーヘッドを向けると、カランのノブをシャワーのほうに回した。

　シャァァァァァ……と勢いよく水が噴き出し、やがてそこから湯気があがりはじめたのを確認すると、熟妻は目の前で存在を誇示する祥平の生殖器官にシャワーのお湯を当てていった。

「あっ」

「ダメ、逃げちゃ。さあ、綺麗にしましょうね」

　祥平が一瞬、腰を引くのを見た百合恵は、幼子《おさなご》に言い聞かせるように囁き、左手に持ったシャワーをペニスに向けたまま、右手を少年の淫茎にのばした。

（あんッ、あっつい。祥ちゃんのオチ×チン、いつの間にかこんなに熱く、硬く、大きくなってたのね。あぁん、こんなカチンカチンなオチ×チン、久しぶりすぎるわ）

お湯をかけているからだけでは説明できないペニスの熱さ、血液の漲《みなぎ》り具合による硬さに、熟女の腰が物欲しげに揺れてしまう。

「くッ、あぁ、そんな、お、おばさんが、百合恵おばさんが、ぼ、僕のを……」

「うふっ、いまさらなにを言ってるの。祥ちゃんが小さい頃、いっしょにお風呂に入ったときにはいつも、ここも綺麗にしてあげていたのよ。先っぽの皮、少しさげていくわよ、痛かったら言ってね」

切なそうに腰をくねらせる祥平に、百合恵はなんでもないことのように言いつつ、亀頭の包皮を少しずつ剝いていった。包皮の内側に溜まっていた精液の残滓がドプッと溢れ出す。指先に垂れ落ちたそれを、すぐさまシャワーからのお湯が洗い流していく。しかし、水流のカーテンを突き破った性臭が一部、熟女の鼻腔を直撃してきた。

（あぁん、すごいわ、シャワーの勢いに負けないほど濃い匂いなんて……。いやだわ、私のほうが本格的にムズムズしてきちゃってる）

最後にセックスをしたのはいつだっただろう。今年はまだ一度もないため、去年のクリスマスか、もしくはそれ以前だったか……。それすらも忘れてしまうほど夫と肌を重ねなくなっていた百合恵は、これからさらに性欲が強くなる年頃を迎える祥平の淫臭に、身体が疼きを増していくのがわかった。

（ダメよ、ほしくなっちゃ。祥ちゃんと、息子のように可愛がっている隣の男の子とのエッチなんて許されないのよ）

刺激から遠ざかっている膣襞が卑猥な蠕動を繰り返し、淫裂から溢れ出した蜜液がムチムチの内腿を伝い落ちていく。高まりつづける性感に抗うように、百合恵はいまや皮が剝けきり、ベイビーピンクの無垢な亀頭を完全露出させた祥平のペニスをこすりつづけた。それはもはや「洗う」という行為ではなく、単なる「手淫」でしかない。

「はぁ、ゆ、百合恵、おば、さん……」

「ごめんなさい、痛かった？」

切なげな少年の声に、百合恵は再びハッとさせられた。

シャワーを止め、右手をペニスから離して見あげると、愉悦に上気しつつも戸惑ったような祥平の顔が飛びこんできた。少し強張ったその表情ですら、熟女の母性と淫性をさらに鷲摑みにしてくる。

「ち、違うの……あの、百合恵おばさんの手、す、すっごく、気持ちよくて……。でも、僕、もっと……」

「もっと、なぁに？」

なにか言おうか言うまいか迷っている様子の少年に、百合恵は優しく問いかけた。

「僕、もっと、エッチなことを……百合恵おばさんと、エッチ、せッ、セック、ス、し、してみたい、です」

勇気を振り絞ったのだろう。祥平の瞳がうっすら涙を浮かべている。

「しょっ、祥ちゃん……」

いたいけな少年の、我が子のように可愛がっている祥平のあまりにストレートな言葉が、百合恵の子宮にズンッと重たく響いた。

「ごめんなさい、こんなこと……。でも、僕、本当に百合恵おばさんのことが大好きで、だから……は、初めては、おばさんと……」

（ま、まさか祥ちゃんが本気で私と……）

三十半ばを迎え、まさか中学二年生の男の子から告白されるとは、まったく想定したことのない事態だ。だが、不思議なことに受け入れがたい戸惑いは感じなかった。それどころから昂《たかぶ》っていた肉体が敏感に反応し、刺激を欲《ほっ》する熟襞がより激しく蠕動していく。さらに、淫唇は自分でもわかるレベルで大洪水に見まわれていた。

「あぁん、祥ちゃん、なにを言っているのか、わかっているの？」

少年にオンナとして求められる悦びをごまかすように、わざと戸惑った表情をしてみせる。

「わかってる。自分勝手な、許されないことを言って、願っていること。おばさんだけじゃなく、おじさんのことも裏切っちゃうような酷いことだって。でも、僕、それでも、百合恵おばさんと……。ごめんなさい、本当にごめんなさい」

「祥ちゃん……」

恋の駆け引きもなにも知らない、ただただまっすぐな想いを正面からぶつけてくる祥平に、百合恵はこの上ない眩しさと愛おしさを感じた。

（この気持ち、応えてあげていいものなの？　いえ、普通は絶対にダメよね。旦那ばかりか、祥ちゃんのお父さんにも顔向けできないことだわ。でも、もし拒絶したら、祥ちゃんはきっと私との距離を取ろうとする。そんなのは絶対にイヤッ！）

イエス、ノー、どちらを選んでもこれまでの関係を壊す事態。あとはどちらがより百合恵にとって由々しき問題か、ということだけだ。そうなったとき、驚くほどあっさりと天秤は傾いた。

「誰にも秘密にできる？　おばさんと祥ちゃん二人だけの秘密に」

「えっ！　それじゃあ、ゆ、百合恵おばさん、ぼ、僕と……ゴクッ」

まさかOKがもらえるとは思っていなかったのだろう。祥平の両目が大きく見開かれた。

「ええ、私を信頼してくれている祥ちゃんのお父さんには、ほんと申し訳ないことだけど、祥ちゃんが求めてくれるのなら……。でも、本当に初めてが私みたいなオバサンでいいの？」

「うん。僕、百合恵おばさんとエッチ、したい」

受け入れられたことで張りつめていた緊張が解けたのか、少しだけ強張りの取れた顔に年頃の少年らしい笑みを浮かべ、大きく頷いてきた。

（あの人はもちろん、祥ちゃんのお父さんのことも、完全に裏切ることになるけど、でも、それでもいい。祥ちゃんが笑顔になってくれるなら、私は……）

百合恵の心理は、もう完全に母親のそれであった。まず最優先されるのは愛する我が子のことであり、たとえ旦那であったとしても優先順位は簡単にさがっていく。

「あぁ、祥ちゃん。わかったわ。祥ちゃんの初めて、おばさんがもらうわね」

祥平に大きく頷き返し、百合恵はいったん立ちあがると、左手に持っていたシャワーヘッドを壁のフックに戻した。そして、剝きたての亀頭も勇ましく強張りを下腹部に張りつかせた少年の手を取り、浴室をあとにするのであった。

4

「こ、ここって、おばさんの……」

射精感の逼迫《ひっぱく》しているペニスを抱えたまま連れこまれたのは、玄関を入ってすぐ左手にある六畳間で、セミダブルのベッドとライティングデスクだけが置かれていた。

「そうよ、おばさんの寝室よ。だから、そこのベッドで、ねッ」

やはり全裸でグラマラスな熟れボディを晒している百合恵が、艶然と微笑み返してきた。その悩ましさだけで、背筋がゾクゾクッとなり、天を衝く強張りがビクッと跳ねあがってしまう。

(僕は本当に百合恵おばさんとエッチを、初体験ができるんだ)

幸運が幸運を呼びこむ奇跡の展開に、これが現実なのだとはにわかに信じられない思いがしていた。しかし、目の前には昔から可愛がってくれている隣家の熟妻が、性に目覚めて以降、その対象として求めてきた百合恵が、間違いなく裸で立っているのだ。

「お、おばさん、僕、この状況だけで、出ちゃいそうだよ」

「あんッ、待って。いま出しちゃったら、もったいないわよ。でも、そうね、一度、落ち着いたほうがいいかもしれないわね。ねえ、祥ちゃん、おばさんのあそこ、ほんのちょっとだけでいいから、ペロペロしてくれる？」

祥平が切なそうに両手で股間を覆うと、少しだけ躊躇いを覗かせつつ、百合恵が淫靡な問いかけを投げかけてきた。

「お、おばさんの、あそこを僕が……ゴクッ。そんなこと、ほんとに、いいの？」

「もし、祥ちゃんがイヤでなければ」

「イヤなんかじゃないよ。むしろ、すっごく光栄で……。あぁ、本当に百合恵おばさんのあそこを見ることが、舐めることが、できるなんて……」

祥平は恍惚顔で頷き返していた。妄想の中ではそれこそ毎日のようにしてきたクンニ。その行為がついに現実のモノになろうとしているのだ。

「うふっ、じゃあ、お願いね。少しだけでいいから。そうしたら次は、祥ちゃんのそれを、おばさんのここで……」

さらに色気の増した微笑みを浮かべた熟女はそう言うと、ベッドの縁に浅く腰をおろし、ゆっくりと両脚を開いた。

「あぁ、百合恵おばさん」

恍惚の呟きを発し、祥平はすぐさま開かれた脚の間にしゃがみこんだ。ツンッと鼻の奥をくすぐる牝臭が快楽中枢を揺さぶってくる。ゾクリッと背筋を震わせ、祥平は憧れの人妻の秘唇に視線を向けた。

「す、すごい！　女の人のここって、こんなふうになってたんだ」

（これが百合恵おばさんの、あそこ……お、オマ×コ……まさか本当に見ることができたなんて。あぁ、夢ならまだ覚めないで！　せめて最後までしっかりと……）

目の前に開陳されている景色。それはまさに夢に見た風景だ。

デルタ形の陰毛の下方には、三十代半ばという年齢のわりにはそこまで使いこまれた感じのない、まだほんのりとピンク味を残した淫唇が隠されていた。秘唇自体はぽってりと肉厚で、ビラビラがほんの少しだけ左右にはみ出している。控えめにくぱっと口を開けたスリットからは、魅惑の蜜液が滲み出し、淫裂全体に卑猥な光沢を与えていた。

「あぁ、恥ずかしいわ。ごめんなさいね、初めて見る女性器が、おばさんのグロテスクなモノで」

「そんな、全然グロくなんかないよ。とっても綺麗で、いい匂いがしていて、僕、大好きだよ」

卑下した言葉を口にする熟女をウットリとした眼差しで見あげ、首を左右に振った。これこそがずっと追い求めていた秘穴なのだ。感動のほうがずっと強い。それを伝えようと、両手をムチムチの内腿に這わせた祥平は、その太腿のなめらかさにさらに陶然とされつつも、顔を秘蜜の源泉へと近づけた。鼻腔粘膜に刺さる牝臭がいっそう濃くなっていく。鼻の頭でそれを掻き分け、スリットにチュッと口づけをした。

「あんッ、祥ちゃん……」

百合恵の腰がかすかに震えたのがわかる。その反応を感じつつ、祥平は舌を突き出し、憧れの熟女の秘唇を舐めはじめた。

チュッ、チュパッ……ぎこちなく舌を上下させると、とたんに舌先にはピリッとした刺激とブルーチーズのような濃厚でいてクセのある味わい、塩味が広がってきた。

(あぁ、これが百合恵おばさんのあそこの味なんだ……。なんか、ちょっとクセがあるけど、でも、全然、イヤじゃない。っていうか、これ、舐めていると、奥のほうから少しだけ甘い感じがしてきたぞ)

ギュッ、チュパッ、ジュチュッ……頭がクラクラとしてしまうほどの媚臭に脳を酔わされながら、テクニックもなにもなく、ただがむしゃらに生々しい感触の女肉を舐めまわしていく。すると、ブルーチーズのクセの強い塩味の向こうから、リコッタのようなサッパリとした上品な甘みを感じ取れるようになってきた。

「はぁン、祥ちゃん……あんッ、うんっ、上手《じょうず》よ。はぅン、とっても気持ちいいわ」

いまや完璧にそれとわかるレベルで、百合恵の腰が左右に悩ましくくねっていた。

両手が祥平の頭部に這わされ、髪の毛をクシャクシャッとしてくる。

(おばさんが感じてくれている。本当に僕が大好きな百合恵おばさんを……)

憧れの熟女に快感を与えている現実に、祥平の頬が自然と緩んだ。同時に、牝の淫液に刺激を受けたペニスが断続的な痙攣を起こし、いまにも射精が訪れてしまいそうな危うさを覚える。

(僕を落ち着かせるためにおばさんはここを舐めさせてくれているのに、逆に……でも、絶対にまだ出さないぞ。出すなら、おばさんのここに……)

迫《せ》りあがる衝動を懸命に抑えこみ、さらに舌でぬめる女肉を嬲りまわしていく。

「す、すごいわ、祥ちゃん。おばさん、もう……こんなにたくさんペロペロしてもらうのは、久しぶりなの、だから……」

(まさか、おばさん、おじさんとはあまりエッチしていないのかも。だったら、僕がもっと……。おじさんからおばさんを奪っちゃうくらいの気持ちでいっぱい……)

憧れの熟女が性的に満たされていない事実に、祥平は俄然やる気が沸いてきた。

ギュパッと淫裂に唇を押し当て、小刻みに震わせた舌でメチャクチャにスリットを舐めまわしていく。肺が熟女の淫気で満たされ、大好きな百合恵で身体ごと包まれているような感覚に陥った。

「あぁン、いいわ、そろそろ、はンッ！　ダメ、そこ、いまのところ、ンぁッ……」

その瞬間、百合恵の腰がいままでになく激しく跳ねあがった。

（えっ！　これって……）

ほんの偶然であった。舌を適当に動かしている内にたまたまタッチしただけのこと。しかし、人妻の激烈な反応に、今度は慎重に舌先を秘唇の合わせ目へとあてがっていった。すると、コリッとした突起が確かに存在している。

（クリトリス！　そうか、ここが……。だったら、もっと……）

ギュッ、チュパッ、ギュチュ……。乳首よりもずっと小さなポッチにしゃぶりつき、先ほど乳頭を吸わせてもらったときと同じ要領で、吸い立てていく。

「はぁン、祥ちゃん、ダメよ、それ以上おばさんを感じさせないで、あぁん、しょっ、しょう、ちゃン……あぁ……」

ピクピクッと小刻みに腰を痙攣させはじめた百合恵が、鼻にかかった艶声で悩ましく囁きかけてくると、次の瞬間、毛髪を掻きむしっていた両手で頭部がガッチリと挟みこまれ、半ば強引に淫裂から唇を離されてしまった。

「ンぱぁ、はぁ、あぁ、お、おば、さん……」

「あぁん、祥ちゃん、とっても上手だったわ。でも、次は祥ちゃんの番よ。いままで上手にペロペロしてくれていたところで、その硬くなったオチ×チン、気持ちよくしてあげる」

口の周りを淫蜜で濡らした祥平が見あげた瞬間、背筋がぞわぞわっと震えた。

(すごい！　百合恵おばさんってこんなにエッチで、お色気ムンムンだったんだ)

そこにはいままで見たことのない、妖艶さが前面に押し出された美熟女が淫靡に潤んだ瞳で、ネットリと見つめてきていた。その色気にあてられたペニスが、ドクンッと跳ねあがり、完全露出されたばかりの亀頭がググッと張り出したのがわかる。

「さあ、祥ちゃん、いらっしゃい」

百合恵を見つめたまままったく身動きできなくなった祥平に、熟女はクスッと微笑むと、いったん立ちあがり薄掛け布団を床に落とした。そしてそのまま、セミダブルのベッド中央にあおむけに横たわったのである。祥平を誘うように膝を立て、M字開脚してみせる。

「おっ、おばさん……」

ゴクッと喉を鳴らし、祥平は熟女のフェロモンに引き寄せられるようにベッドへとあがった。膝立ち姿勢で開かれた脚の間に身体を入れていく。

(おばさんのあそこ、あんなにグショグショになってたなんて……。僕がしたんだ。僕がいっぱい舐めたからおばさんは感じてくれて、それで……。あぁ、夢じゃないんだ。本当にこれから百合恵おばさんと……)

淫唇周辺までもが卑猥なテカリを放っていた。スリットが先ほどまでよりも口を開き、トロッとした蜜液が垂れ落ちていく。そのあまりに淫猥な光景に、祥平の腰が武者震いした。

「さあ、おばさんの顔の横に手をついて、そのまま重なっていらっしゃい。そうすれば、あとはおばさんが……」

「う、うん」

緊張で口の中が干あがってしまいそうだ。必死に唾液を掻き集め、喉を湿らせた祥平は、裏返りそうな声で頷くと、隣人熟女に覆い被さるようにしていった。するとすぐさま、百合恵の右手が下腹部に張りつきそうなペニスをやんわりと握ってきた。

「ンはっ、あぁ、お、おば、さん……」

なめらかな熟女の指先の感触に、射精感が一気に突きあがってきそうになる。肛門を引き絞って衝動をやりすごし、祥平は艶めいた百合恵の顔の横に両手をついた。見下ろす先には、オンナの顔を晒す憧れの人妻が艶然と微笑み返してくる。

「あぁん、硬いわ。それにすっごく、熱い。すぐよ。すぐにおばさんが祥ちゃんを大人にしてあげるから、もうちょっとだけ我慢してね」

百合恵が優しく右手を手前へ、熟れた女穴へと導いてきた。

誘われるまま腰を進めていくと、ンチュッと小さな接触音が起こり、同時に剝きたての亀頭先端がぬめる粘膜とキスをした。

「ンヵっ！　ぅあぁぁ、おっ、おば、さンッ」

(触ってる！　僕の先っぽが百合恵おばさんのあの、あそこに、ペロペロしたオマ×コに……挿《い》れさせてもらえるんだ)

「すぐよ、本当にあとちょっとで……」

突き抜ける快感に目を剝く祥平に、百合恵が艶っぽく囁き返してきた。そして、熟女の右手は、膣口を探すように小さく前後に動いていく。そのかすかな摩擦だけで背筋がびりびりとしてしまう。

「うん、我慢、する」

（僕、本当にお隣の百合恵おばさんでセックス、経験できちゃうんだ！　おじさん、ごめん。でも、僕、ずっとおばさんのこと大好きだったから、許して）

初体験寸前となり、祥平の心臓が一気にその鼓動を速めはじめた。憧れの百合恵相手に脱童貞を果たせる喜びと、祥平のことを小さい頃から可愛がってくれた百合恵の夫に対する罪悪感が一瞬、脳裏をよぎった。しかしすぐに、快感がその思いを霧消させていく。

ンヂュッとくぐもった音を立て、亀頭が膣口にもぐりこむ。

「あぁん、いいわ、ここよ、そのまま、ンはっ！　あっ、あぁぁ、硬いのが、祥ちゃんの熱くて硬いオチ×チンが一気に、はぁ～ン……」

熟妻の言葉が終わる前に、祥平は本能的に腰を突き出していた。かすかな抵抗感を覚えつつも、強張りが一気に百合恵の肉洞に埋没していく。

「ンほぅ！　しゅ、しゅっごぃ……。これが女の人の、百合恵おばさんのオマ×コの中……。こんなに狭くて、一気になにかが絡みついてきてる。これがセックスなんだね。僕、本当に百合恵おばさんとエッチ、しちゃってるんだね」

（ヤバイ！　こんなの、想像していたのより何倍も気持ちいい。はぁ、ダメだ、これ、絶対に保《も》たないやつだ）

根元までしっかりと嵌まりこんだ直後、複雑に入り組んだ膣襞が瞬く間にペニスに絡みつき、射精へといざなってきた。

「あぁんッ、そうよ。祥ちゃんはいま、おばさんとエッチなことしちゃってるのよ」

「おぉ、百合恵、おば、さンッ！」

艶然と微笑む熟女にいっそう性感を煽られた祥平は、牡の本能に突き動かされるように、ぎこちなく腰を前後に振りはじめた。


ヂュッ、クヂュッ……粘つく摩擦音が不規則に起こり、そのつど熱く硬い肉槍が肉洞内を往復していく。

「はンッ、祥ちゃん、そうよ、上手よ。そうやっていっぱい、おばさんの膣中でこすって、気持ちよくなって」

（あぁ、私、本当に祥ちゃんと……お隣の中学生の男の子とセックスしちゃってる。こんなこと許されないのに、でも、ずっとしてなかったから、気持ち、いい……）

ペニスの太さ、という面ではまだ成人男性のそれに及ばないものの、硬さや熱さはまったく遜色がない。それどころか若い分、勢いを感じるほどだ。

成長途上とはいえ強張りで膣襞をこすられると、快感から遠ざかっていた蜜壺全体が敏感に反応し、さらなる悦びを得ようと、肉槍にまとわりつき、絞りあげていく。

「あぁ、おばさん、ダメだよ。そんな、キュンキュンされたら、僕、ずっと我慢してたから、出ちゃうよぅ」

「あぁん、待って、まだ、もう少しだけ、我慢して。もうちょっとだけ、おばさんのことも感じさせて」

愉悦に蕩けんばかりの顔を晒す少年の頬を両手で挟みこみ、百合恵は祥平の律動に合わせてクイックイッと腰をくねらせていた。

「くっ、はぁ、おばさん、百合恵おばさん……。好きだよ、僕、本当に百合恵おばさんのこと……はぁ……」

「あぅん、おばさんよも。おばさんも祥ちゃんのこと、はンッ、大好きよ。いけないことなのに。旦那や祥ちゃんのお父さんに顔向けできないことなのに、あぁん、祥ちゃんの初めてを奪えて、おばさんも嬉しいわ」

「あぁ、おばさん、キス、したい。いい？」

「いいわ、キスして。唇もオッパイもあそこも、おばさんの身体は全部、いまは祥ちゃんのモノよ」

「おぉぉぉ、百合恵、おば、さンッ」

その瞬間、肉洞内のペニスがビクンッと大きく跳ねあがり、さらに一回り太く成長してくる。絡みつく膣襞が一瞬、圧しやられる感覚に背筋がゾクリッと震えた。

(すごいわ！　まさか祥ちゃんの成長をこんなダイレクトに、あそこで感じ取る日が来るなんて……)

成長期の少年のたくましさを身をもって経験した百合恵が悩ましく柳眉をゆがめた直後、今度は祥平の唇が、熟女の朱唇に重ね合わされた。

「ンぅッ」

「あぁ、おばさん、百合恵、おばさん……」

恍惚の呟きを漏らしながら、少年が何度も口づけしてくる。同時に肉洞を抉る腰の動きが速さを増し、少しだけ張り出した亀頭で入り組んだ膣襞がこそげられていく。

ラストスパートと言わんばかりに律動をたくましくした少年。グヂュッ、ズヂュッ、ンヂュッ……卑猥な摩擦音がどんどん大きくなり、その間隔も一気に短くなってきた。

「ぅン、あぁ、いいわ、祥ちゃん。はンッ、すっごい。祥ちゃんの硬いので、おばさん、はぁン、イッちゃいそうよ」

(すごい！　いくら久しぶりだったからって、まさか中学生の男の子に、初めての祥ちゃんにこんなに感じさせられちゃうなんて……)

ペニスを突きこまれるたびに、砲弾状の熟乳がぶるん、ぶるんっといやらしく揺れ動いていく。

「あぁ、百合恵おばさんの大きなオッパイ、すっごくエッチだ」

必死に射精感と戦っているのだろう、顔をゆがめがむしゃらに腰を振る祥平が、右手を左乳房へと重ねてきた。そのまま熟れた乳肉をやんわりと揉みしだいてくる。

「あんっ、いいわ。おばさん、祥ちゃんにオッパイ触られるの、好きなっちゃったわ」

「僕もおばさんのオッパイ、好きだよ。オッパイだけじゃない、おばさんの全部が、ぐっ、大好きだよ」

「はぁン、祥ちゃん」

快感に顔をゆがめる少年の姿に、腰骨がぶるっと震え、脳内で小さなスパークを起こしていく。百合恵はM字型に開いたままの両脚を跳ねあげ、ムッチリとした太腿で祥平の腰を挟みこんでいった。

「うわっ、あぁ、お、おばさん、くぅぅ、ダメ、出ちゃう！　僕、本当にもう……」

次の瞬間、左乳房がムギュッと鷲掴みにされ、腰が勢いよく突きこまれた。刹那、懸命に笠を広げようとしていた亀頭が弾け、熱い迸《ほとばし》りが膣内に襲いかかった。

「ンはぁン、キテル。祥ちゃんの熱いのが、おばさんの膣奥で元気に暴れまわってる」

（あぁン、あっつい！　出されてる。いくら大丈夫な日だからって、夫ではない男性に、隣の祥ちゃんに、熱い精液、子宮に出されてるぅ）

「出る、僕、まだ……あぁ、ごめんなさい、膣中に……。くぅ、でも、すっごいよ。おばさんのヒダヒダで、ンぐッ、搾られてくぅぅ……」

脱力したようにグッタリと身体を預けてきた祥平だが、その腰だけは激しい痙攣をつづけ、若い牡の欲望のエキスを子宮に浴びせつづけてきた。

「あぁん、いいのよ、出して。祥ちゃんの中に溜まっているもの全部、おばさんの膣中に置いていきなさい」

倒れこんできた祥平を優しく抱き留めながら、百合恵はその耳元で囁いてやった。

隣家の少年に豊乳を吸わせることすら許されないのに、そこからさらに禁断の肉交を許し、最後には膣内射精まで決められてしまうという背徳コンボ。絶頂には届かなかったものの、熟女の肉体には久々に満たされた感覚が宿っていた。

「くッ、はぁ、はあ、おばさん、ありがとう。最高の初体験だったよ。まさか本当に百合恵おばさんとなんて……いまでも夢みたいだよ」

十回近い脈動の末ようやく射精が落ち着くと、祥平がかすれた声で訴えてきた。

「うふっ、夢じゃないわ。本当におばさんとエッチしたのよ。祥ちゃんがたくさん出してくれた証拠に、おばさんのお腹、祥ちゃんのミルクでポカポカしているわよ」

「あぁ、百合恵おばさん……」

「あんっ、すっごい！　いま出したばっかりなのに、また……」

少年の言葉に艶っぽく返した直後、肉洞内でおとなしくなりかけた淫茎がピクッと震え、その体積を再び復活させてきた。

「ごめんなさい、でも、百合恵おばさんが色っぽいから、僕……。ねえ、もう一度、しても、いい？」

申し訳なさそうにしながらも、陶然とした眼差しには期待感が溢れており、息子同然の少年のお願いを無碍になどできるものではなかった。

「うふっ、もちろんよ。一度と言わず二度でも三度でも、祥ちゃんが満足するまで、いいのよ」

（あぁ、私、また許しちゃうのね。だったら、今度こそ、私もいっしょに……）

分別ある大人の判断としては褒められたことではない。それはわかっているのだ。しかし同時に、一度も二度もいっしょ、という開き直りに似た感覚も確かに存在していた。

「あぁ、おばさん、好きだよ。僕だけの百合恵おばさんにしたいよ」

祥平が再び腰を上下に振りはじめた。

ぢゅぢょっ、にゅぢょっ……膣内に放たれた欲望のエキスと淫蜜がミックスされる卑猥な淫音がたちどころに起こり、完全に力を取り戻した強張りで絶頂寸前の膣襞がしごきあげられていく。

「はぁン、いいわ、祥ちゃん、その調子よ。さっきよりずっと上手になってるわ」

少年の腰に太腿を絡みつけたまま、百合恵は背徳の絶頂求め、下から卑猥に腰をくねらせていくのであった。

第三章　童貞ペニスを締めつける肉襞

1

(う～ん、このままじゃダメにしちゃうし、祥平くんにも助けてもらおう)

木曜日の夕方、冷蔵庫の野菜室を眺め、莉央は一人で頷《うなず》いた。そこには冷蔵保存されている野菜のほかに、親戚から送られてきたメロンが三つ残っていたのだ。

一つは食べ、二つは百合恵にお裾分けしたが、まだ半分残っている。夫が苦手なこともあり、さすがに三つすべてを一人で消費するには時間がかかってしまう。

(百合恵さんにお裾分けしたあと、夕方にでも祥平くんのところへ届ければよかったわ。でもあの日は母乳を飲んでもらった翌日だったたし、さすがに行きづらかったのよ

ね。でも、まあ、もうそんなこと言ってられないわね）

さすがに母乳を与えた翌日に隣家を訪れるのは気が引けたこともあり自重していたのだが、このままメロンをダメにしてしまうのも躊躇《ためら》われ、莉央は冷蔵庫からもっとも大きな一つを取り出すと、ビニール袋に入れた。

（お隣だし、わざわざ着替え、しなくてもいいかな）

自宅ということもあり、上は白いロングTシャツに、下はぴっちりとフィットしたくるぶし丈のグレーのスパッツ姿。マンション外に出るのなら、さすがに下は穿き替えるところだが、お隣という気安さもあり、莉央はそのままの格好で出かけることにした。とはいえ、安全のためにTシャツの上からしっかりと抱っこ紐は装着する。

「結衣ちゃん、隣の祥平お兄ちゃんのお家に、ちょっとお出かけしましょうね」

ベビーベッドに横たわっている娘を抱きあげる。すると、エンジェルスマイルで「キャッ、キャッ」と嬉しそうに手を動かして反応してきた。

結衣をしっかりと抱っこ紐の内側に収めた莉央は、メロン入りのビニール袋を手に隣家に向かいインターホンを押す。すると、すぐに祥平が玄関扉を開けてくれた。

「どうしたんですか、莉央さん。ご用があれば、僕がお伺《うかが》いしたのに」

突然の訪問に少し驚いた様子ながら、いつもの感じで出迎えてくれる。しかし、ふだんより若干、声が上ずっているように聞こえるのは気のせいか。

「うん、これ、田舎の親戚が送ってきたメロンなんだけど、よかったら、食べて」

「あっ、ありがとうございます」

ビニール袋を差し出すと、まだ幼さの残る笑みを浮かべ、祥平が頭をさげてきた。

「あの、もしお時間があれば、お茶でもどうですか？　先日はご馳走になったので」

その瞬間、少年の頬がポッと赤くなったのがわかる。

（まったく気にしていないふうだったけど、そんなことはなかったようね。まあ、こんな玄関先でおかしな反応、見せられないでしょうけど。私も、「なにをご馳走したかしら？」とは言えないものね）

「そうね、じゃあ、少しだけ」

「はい、どうぞ」

招かれるままに神尾家にあがらせてもらう。左右が反転しているだけで、まったく同じ間取りの２ＬＤＫ。しかし、リビングの雰囲気はまるで違っている。莉央の自宅がナチュラルテイストなのに比べ、こちらはシックで落ち着いた色合いの家具で統一されていた。

ダイニングテーブルは木目と独特の黒みがかった色合いが美しいウォールナットの

一枚板で、それに合わせたチェアは肩の辺りまで背もたれのある、細身のシルエットをした一品。ソファは二人掛けにカウチソファを組み合わせたワイドタイプで、色味もシックなブラウン系であった。また、ソファの前にはなめらかな手触りと光沢が特徴のラグマットが敷かれていた。

「綺麗に片付けてるわね。ほんと、偉いわ」

美しく整理整頓されているリビングを見て、莉央は素直に賞賛の言葉を送った。

「ウチは父と僕だけですからね。父が仕事に行っている以上、僕がやらないと誰もやってくれないので……。昔からですから、家事にもすっかり慣れちゃいましたよ」

苦笑いを浮かべる祥平に促《うなが》され、ダイニングの椅子に座る。すると少年は、ガラス製の丸形ティーポッドに数杯分の紅茶を入れ、運んできてくれた。莉央の前にカップを置くと、茶こしで茶葉が入らないようにしつつ、薫り高いオレンジがかった液体が注がれる。どうやらダージリンのセカンドフラッシュを用意してくれたようだ。

「ありがとう、いただくわ」

礼を言ってカップを手にすると、鼻腔を爽やかな香りが駆け抜け、一口含むと渋みはほぼなく適度なコクと、マスカルフレーバーが強く感じられる。

「うん、美味しい」

「よかったです。上手く淹《い》れられて」

嬉しそうに微笑んだ少年が莉央の正面の椅子に座り、自身のカップに口をつけた。

「あれ、結衣ちゃん、寝ちゃったんですかね。さっき玄関で見かけたときは起きていたみたいですけど」

「そうみたいね。ここにお邪魔する少し前にオッパイも飲んで、お腹いっぱいだろうから、おねむになっちゃったんだわ」

抱っこ紐の中にいる娘に視線を向けると、満足げな笑みを浮かべすっかり眠ってしまっている。

「そ、そうなんですね」

一瞬にして少年の声が上ずったのがわかる。チラリと若妻の胸元に視線を送ってきた。しかし、いまは抱っこ紐があるため、膨らみを確認することは叶わない。

(やっぱり、先日の母乳の件を意識してるのね)

あまりに素直な反応に、莉央は小さく笑んだ。だが同時に、若妻自身も力強く乳房を吸われた感触と、なにより久々に触れた勃起の硬さと熱さを思い返してしまった。

ズンッと下腹部に鈍い疼きが走っていく。

(あの日は思わず私も自分の指であそこを慰めちゃったけど、祥平くんも同じだった

のかもしれないわね）

手淫で抜いてやったとはいえ、中学生の男の子が一度の射精で満足できたとは思えない。きっと自宅に戻ってから、莉央の乳房の感触や母乳の味わいを思い出し、自分でしたに違いない。そんなふうに考えると、いたいけな少年を性の道に引きずりこんでしまったような罪深さも感じるのだ。

「ねえ、あの日、お家に帰ってからお腹が痛くなったりしなかった？」

「えっ？　ええ、大丈夫でしたけど、なんでですか？」

なににについて尋ねられたかわかったのだろう。祥平は頬を赤らめつつも訝《いぶか》しげな表情で返してきた。

「ならいいのよ。ほら、あれは赤ちゃんのご飯でしょう。だから、大人が飲みすぎると、お腹にきちゃうらしいのよ」

「あっ、あぁ、そういうことですか。僕は、あの、だ、大丈夫、でした」

納得したように頷いた少年の顔がいっそう赤らんだ。

「ねえ、祥平くん。私のオッパイの味を思い出しながら、一人でいけないこと、したの？」

（やだ、私ったらなにを聞いてるのかしら。というか、なにを期待しているのよ）

自ら淫靡な雰囲気を作り出そうとしていることに、莉央自身、戸惑いを覚えてしまう。しかし、理性的であろうとする思考とは別に、妊娠発覚以降、まったく満たされることなくすごしてきたオンナの部分が、少年との禁忌を求めるよう蠕動《ぜんどう》しはじめていた。

「そ、それは、あの……は、はい。ごめんなさい」

一瞬ハッとしたような表情を浮かべた祥平は、すぐに顔を伏せてしまうと、消え入りそうな声で返事をしてきた。そのまったくスレていない態度が、莉央の中の母性と悪戯心をくすぐってくる。さらに、娘に与えてさほど時間が経っていない乳房に急に張りを覚えてしまった。

「また、飲んでみる？」

「えっ！　あっ、そ、それは、あの、ゆ、許してもらえるなら、ぜひ……」

信じられないといった面持《おもも》ちながら、祥平の目が期待に満ちているのがわかる。

「それじゃあ、また、少しだけお願いしようかな。そこのソファに結衣を寝かしてもいいかしら」

「もちろんです。結衣ちゃんの下に敷くタオルかなにか、持ってきましょうか？」

「お願いできる」

「はい」

ダイニングの椅子から立ちあがった祥平が、小走りに洗面脱衣所へと駆けこんでいった。それを見送った莉央も椅子から立ちあがりソファへと移動すると、娘が静かな寝息を立てている抱っこ紐をそっと外した。するとそこに、真っ白なふわっとしたバスタオルを手に、少年が戻ってきた。

「ありがとう」

礼を述べ、ソファの上にそのタオルを敷くと、スヤスヤと眠っている娘をそこに横たえ、ふだんから持ち歩いている小さなブランケットをかけてやった。

「り、莉央、さん」

「わかってるわ、もうちょっと待ってて」

上ずった声をあげた祥平ににっこりと微笑み返し、莉央は着ていた白いロングTシャツを脱ぎ捨てた。あらわれたのはピンクのフロントホックブラ。それを見ただけで、少年がゴクッと喉を鳴らしたのがわかる。

(あぁん、私また、祥平くんにオッパイ、あげようとしてる。この前は結衣にあげているのを見せちゃったからって理由があったけど、今回は祥平くんにあげるためだけに脱いでるのよね)

妻としても、母としても正しくはない。ただ、オンナとしての感情が前面に出てしまっての行動。それを理解しながらも、ウットリとした少年の顔を見てしまうと、後戻りもできない。

「ふふっ、祥平くん、よだれを垂らしそうな顔、してるわよ。そんなに莉央ママのオッパイ、ほしかったの？」

「ほ、ほしかったです。莉央さんのオッパイ、結衣ちゃんに負けないくらい、僕も毎日何度も、ゴクゴクしたいです」

慌てたように手の甲で口を拭《ぬぐ》う仕草を見せた祥平が、かすれた声で欲望を口にしてきた。そのまっすぐさに、若妻の子宮がキュンッとなってしまった。

「あらあら、いけないお兄ちゃんね。百合恵さんに甘やかされすぎてるからかしら」

「あっ、いや、あの、百合恵おばさんは、その……」

からかうように百合恵の名前を出したとたん、祥平が少しあたふたした様子を見せた。不安げに視線が左右に泳いでいる。

(ここで百合恵さんの名前を出したのは、ちょっと可哀想だったかな。こんなこと、百合恵さんに知られたら、私だって困っちゃうのに)

祥平と百合恵が隣人であると同時に、擬似母子的な関係を構築していることを知っている莉央としては、少年の態度が母親に告げ口される恐怖からきているもののように感じた。しかしそれは、ご近所づきあいという面において、莉央自身にも当て嵌まることなのだ。

「大丈夫よ。言わないから、安心なさい。そもそも、私だって祥平くんにオッパイをあげてるなんて、百合恵さんに知られたら、困ったことになっちゃうんだから」

「そ、そう、です、よね」

「そうよ。だから、これを見て少し落ち着きなさい」

莉央はそう言うとブラジャーのフロンホックをプチンッと外した。弾力の強い膨らみが弾けるように飛び出し、母乳パッドがポトッとラグの上に落下した。

「あぁ、莉央さんのオッパイ。パツパツで大きい、綺麗なオッパイ……」

双乳を目にした瞬間、少年の顔が一瞬にして蕩けたのがわかる。

「ふふっ、いいのよ、飲んで。いまこのオッパイは、祥平くんのモノよ」

ソファに横たわらせた娘をチラッと見ると、起きる気配もなくスヤスヤと眠っている。それを確認してから、莉央は母乳パッドを拾ってガラス天板のローテーブルに置くと、カウチソファの端に浅く腰をおろした。恍惚顔の少年に視線を向け、両手で張りの強い膨らみを持ちあげてみせる。

「ゴクッ、り、莉央、さん……」

再度喉を鳴らした祥平が、ふらふらっと莉央の正面、ラグに膝立ちとなった。若妻が脚を左右に開いてやると、その間に膝で歩み寄り、許しを求めるような眼差しで見あげてくる。そのまっすぐな視線だけで、背筋がゾクリと震えてしまった。

「いいのよ、飲んで」

「は、はい」

かすれた声をあげ、少年の右手が左乳房に被せられた。

「あんっ」

温かな手のひらで膨らみをムニュッと揉まれると、細腰がぶるっとわななき、自然と甘い吐息が漏れ出てしまう。

「すっごい……。莉央さんのオッパイ、やっぱり、すっごくパツパツしてる。ここに甘いミルクが詰まってるんですね」

「そうよ。祥平くんが飲んでくれるのを待ってるのよ」

「あぁ、莉央さん……」

ウットリと呟き、祥平の唇が右の乳首をパクンッと咥えこんできた。すぐさま、ヂュッ、ぢゅちゅぅ……と吸い出し運動をはじめてくる。

「はンッ、祥平、くぅン……」

乳首を吸われた瞬間、莉央の口から悩ましいうめきがこぼれた。赤子とはまったく違う吸引力で、母乳が吸い出されていく感覚。中学生の子供であるが、同時にオトコでもある少年の舌の動きに、下腹部のムズムズが増大していく。

「反対もよ。右ばかりじゃなく、左のオッパイもバランスよく飲んで」

「は、はい」

愛おしそうに祥平の髪の毛を撫でつけてやると、少年は蕩けた眼差しで莉央を見つめ、すぐさま左の乳頭に吸いついてきた。さらに今度は左手で右の膨らみが捏ねあげられる。

「ンむぅ、チユッ、チユパッ……チユちゅうぅ……」

鼻からうめきを漏らしつつ、祥平が一心に母乳を吸い出していく。

「あぁん、そうよ。ミルクはすぐに溜まるから、だから、うンッ、いっぱい飲んで」

(結衣ちゃん、ごめんね。ママ、結衣ちゃんのご飯をまた祥平お兄ちゃんに……。でも、大丈夫よ。結衣ちゃんの分はすぐに用意できるから、いまは祥平お兄ちゃんにわけてあげてね)

懸命に母乳を求める少年の髪を撫でつけた莉央は、悩ましく潤んだ瞳で再び眠る娘に視線を向けた。安心しきった様子で眠る赤子。それがまた人妻の背徳感を煽ってくる。

「あぁ、美味しいよ。莉央ママのオッパイ、ずっと、ずっとこうしていたいよ」

恍惚の声をあげた少年が、今度はまた右の乳首に吸いついてきた。舌先で乳頭を舐められると、ゾクゾクッと背筋が震え、快楽中枢が淫唇に受け入れ準備の信号を送ってしまう。

「あんッ、祥平くん。ダメよ、飲むだけ、乳首への悪戯は、ダメなんだから」

口では拒否の言葉を漏らしながらも、身体はさらなる刺激を欲《ほっ》するかのように、黒ずんだポッチを充血させていった。

（あぁん、やだ、本格的にあそこ、疼いてきちゃってる。これじゃあ私、いけないママになっちゃいそうだわ）

子宮に感じる疼痛に肉洞内を蠢く膣襞、さらにはパンティの股布に感じる淫蜜の湿り気、それらすべてが莉央を背徳の世界へといざなってくる。

（あっ！　祥平くんもやっぱり興奮しちゃってるのね）

少年の右手の位置に気づきハッとした。最初に右乳首に吸いついたときは、右手で左乳房を揉んできたのだが、いま祥平の右手は若妻の膨らみではなく、己《おのれ》の股間に這わされていたのだ。右手が小さく動いているところを見ると、どうやら母乳を飲みつつペニスを弄《いじ》っているらしい。

「うぅん、オッパイを飲みながら、オチ×チンを弄ってるなんて、いけない子ね」

「あっ！　こ、これは……ごめんなさい」

ビクッと肩を震わせた少年が慌てて乳首を解放すると、ラグの上に正座をし、恥ずかしそうにうつむいた。その態度がまた、莉央の母性をくぐってくる。

「もう、仕方ないわね。今日も私がしてあげるから、硬くしたオチ×チン、出してみせてちょうだい」

「えっ！　莉央さんが、また……」

パッと顔を明るくした祥平ににっこりと頷いてやる。

（でもこれ、祥平くんのためっていうより、私がまた熱くて硬いモノを触りたくなってるのよね。いけないわ。このままじゃ、本当に引き返せなくなっちゃう）

昂《たかぶ》る性感に危うさを覚えつつも、莉央は祥平がズボンをおろす姿をジッと見つめていた。

2

（まさかまた莉央さんの母乳を飲ませてもらえて、さらに、こっちまで……）

お椀形の豊かな双乳を晒し、その頂上に鎮座する黒ずんだポッチからうっすら白いミルクを滲ませている若妻の姿態に、腰が大きく震えてしまう。完全勃起のペニスがスウェットパンツの下で狂おしげに跳ねあがり、早く解放してくれと急かしてくる。

（でもこれって、百合恵おばさんを裏切っちゃうことになるのかな？）

憧れの熟妻の百合恵に筆おろしをしてもらったのは一昨日のことだ。その感触もまだ生々しいなか、今度は再び隣の若妻にしごいてもらおうとしている現実に、後ろめたさがないと言えば嘘になる。しかし、思春期の性欲はその理性を上まわるレベルで目の前の裸体に興奮していた。

（なんかジッと見られるのはやっぱり恥ずかしいけど、莉央さんにはすでに一度、見られちゃってるんだもんな）

まっすぐに注がれる若妻の視線に羞恥を喚起されつつ、祥平はスウェットズボンと下着の縁をいっぺんに摑み、グイッと引きおろしていった。ぶんっと唸るように強張りが飛び出し、莉央に裏筋を見せつけるかたちでそそり立つ。同時に、籠《こも》っていた性臭がぶわっと拡散し、鼻腔粘膜をくすぐってくる。

「あんっ、すっごい。祥平くんったら、もうそんなガチガチにしちゃってたのね」

「す、すみません。莉央さんのオッパイ、飲んだり触ったりしていたら自然と……」

勃起ペニスに感じる視線に、腰がむず痒くなってしまう。両手で強張りを隠したい思いと戦いつつ、人妻の眼差しに耐えていた。

「私のオッパイに感じてくれたのは嬉しいけど。でも、やっぱり成長期なのね。つい数日前よりも祥平くんのそれ、たくましくなってるじゃない。この前触ってあげたときには、先っぽ、そこまで露出してなかったでしょう」

「いや、そ、それは……」

感心したように頷く莉央に、祥平の頬がいっそう熱くなった。まだ完全に剝けきってはいなかったが、勃起をすれば亀頭の半分以上は露出するようになっていた。

(これ、百合恵おばさんが剝いてくれて、このままおばさんの膣中に……)

完全露出させた剝きたての敏感な亀頭に絡みついてきた膣襞の蠢き。あっという間に昇天へといざなわれる絞りあげを思い出すと、それだけで強張《こわば》り全体が胴震いを起こし、鈴口から先走りが滲み出す。さらに血液が送りこまれたことで、亀頭がググッと張り出し、それに引っ張られ皮がまた少し後退していく。

「ヤンッ、すっごい。またいまちょっと大きくなった」

「お願いですから、そんなジロジロと見ないでくださいよ。ほんと、恥ずかしいんですから」

下腹部に張りつく肉槍を晒した状態で、祥平は腰を左右にくねらせた。

「あらあら、そこはそんなに立派に成長させているのに、恥ずかしがり屋さんね」

クスッと微笑んだ若妻が座っていたソファから立ちあがり、一瞬、眠っている結衣に視線を送ると、祥平の正面にすっとしゃがみこんだ。

「えっ？　あ、あの、莉央、さん？」

前回同様の授乳手コキをしてもらえると思っていた祥平は、莉央の行動に戸惑いの声をあげた。

「こんなの見せつけられたら、私、おかしくなっちゃうわ。オッパイは今度また飲ませてあげるから、それまでお預けね」

「あ、あの、くはッ！　あぅ、あぁ、莉央、さ、ン……」

愛らしい顔に艶っぽい微笑みを浮かべた人妻の右手が、肉竿の中央を優しく握りこんできた。それだけのことで腰が震え、睾丸がクンッと迫《せ》りあがる感覚を覚える。

「あんッ、やっぱり硬いわ。それに、すっごく熱い。さらに先っぽからこんなにエッチな匂いまで撒き散らしちゃって、いけない子」

囁《ささや》くように言った直後、莉央は亀頭先端を少し押しさげるように肉竿を手前に引くと、唇をその先っぽに近づけてきた。

「まっ、まさか、莉央さ、ンッ！　ンヵっ、あぅ、あぁぁぁぁぁ……」

思わず愉悦の咆哮《ほうこう》が迸《ほとばし》ってしまった。人妻の唇が亀頭を咥えこみ、そのまま間髪を入れずに根元までもがすっぽりと口腔内に包みこまれたのだ。

（フェ、フェラ、チオ……。莉央さんが僕のをく、口で……）

一気に脳が沸騰する感覚に襲われる。初めての感触に、早くも目の前がチカチカとしはじめ、ペニスが小刻みに跳ねあがっていく。

「ンうむっ……ふぅ……あまり大きな声、出さないで。結衣が起きちゃうわ」

「あっ、ご、ごめんなさい」

せっかく咥えてくれたペニスを簡単に解放してきた若妻の言葉に、ハッとさせられた。慌てて赤子に視線を向けると、結衣は右手の親指を小さな口にあてがいながら規則正しい寝息を立てている。

（もし結衣ちゃんが泣き出しちゃったら、そこで終わりだもんな。お願いだから結衣

ちゃん、もう少しだけ、お兄ちゃんがママに気持ちよくしてもらっている間だけは、目を覚まさないで）

結衣がグッスリと眠っていることにホッと胸を撫でおろしつつ、祥平は心の内で願わずにはいられなかった。

「ふふっ、気をつけてね。じゃあ改めて、祥平くんの硬いの、いただきます」

蠱惑の笑みを浮かべた莉央はそう言うと、改めて強張りを口腔内へと迎え入れてくれた。

ヂュッ、クチュッ、ズチュッ……鼻から艶めかしい吐息を漏らし、すかさず首を前後に振りはじめる。さらに、肉竿の根元におろされた右手が、小さな手淫の動きもプラスさせてきた。

「くふッ、あぁ、うぅう、莉央、さん……」

生温かな口腔粘膜で強張りがこすりあげられるたびに、背筋には愉悦が駆けあがり、欲望のエキスが解放を求めて上昇してくる。祥平は若妻のナチュラルブラウンに染められた髪の毛に手を這わせ、快感を伝えるようにクシャッとした。

ヂュッ、クチュッと人妻が首を振るたびに、肉竿が唇粘膜でしごかれるばかりか、露出したての敏感な亀頭に舌先がヌメッとまとわりついてくる。それは膣内の襞で絡み取られるのとはまた違った、絶妙な力加減の刺激であった。

「り、莉央さん、ごめんなさい。僕、もう……あぁ、お口でしてもらうのなんて、初めてだから、ぐっ……保《も》たないですよ」

愉悦に霞む眼差しで若妻を見おろした瞬間、祥平はドキッとした。上目遣いに見つめてくる莉央と、まともに視線をぶつからせてしまったからだけではない。自由な左手がグレーのスパッツの上から股間を弄っていたのだ。

(まさか莉央さん、自分であそこを触っているんじゃ……)

莉央の左手は小刻みに動いていた。中学生のペニスをフェラチオしながら、スパッツの上から秘唇を撫でつけている人妻。目をこらさなくとも、秘唇部分と思しきあたりに黒っぽいシミが浮きあがっている。

(莉央さんのあそこ、もしかしなくても濡れてる?)

その視覚的な刺激に祥平の腰がひときわ大きく跳ねあがった。

「くぅ、あぁ、出ちゃう。莉央さん、僕もう……あっ！　ぐッ、出ッるぅぅぅッ！」

両手で莉央の頭部をグイッと押さえつけ、強張りを根元まで口腔内に叩きこんだ次の瞬間、煮えたぎった欲望のエキスが一気に噴き出した。

「ンぐっ！　うぅぅ、むぅン……」

若妻の両目がカッと見開かれ、鼻から苦しげなうめきを漏らす。それでも強張りを吐き出そうとはしなかった。それどころか、吐き出された精液を小分けにしながら、喉の奥へと流しこんでくれている。

「嘘、飲んでくれてるなんて……。あぁ、莉央さん、ごめんなさい……でも、ダメ、まだ、出ちゃう」

人妻が精液を嚥下《えんげ》してくれている背徳感に、祥平の背筋がゾクリッとした。それがさらなる欲望を募らせ、ビクン、ビクンと腰が跳ねあがるたびに、ドビュッ、ズビュッと白濁液が迸っていく。

「ンむっ、ぐぅん……コクッ……うむンッ……コクッ……」

「あぁ、莉央さん……莉央、さん……」

強烈な射精の脱力感で腰砕けになりそうになりながらも、祥平はかろうじて自身の足で立ちつづけ、凄艶なオンナの色気を醸し出す若妻の顔を見つめるのであった。

3

喉の奥に張りつきながら落ちていった少年のエキス。鼻腔粘膜を突き抜けていった濃厚な牡の匂いに、莉央の頭はクラクラとしていた。

(この前は手でしてあげただけだけど、今回はゴックンしちゃったから、身体がさらに反応しちゃってる。祥平くんのミルク、コッテリしているのにそこまでキツい味ではないのね。やっぱり、若いからかしら)

久々に口に含んだ強張り。そして、口腔内に放たれた白濁液の味と匂い。それらすべてが、若妻のオンナを揺さぶりつづけていた。

(やだわ、こんなに濡れちゃってる。あぁん、どうしよう。本当にほしくなってる)

快感を欲して蠢く柔襞。無意識に撫でつけてしまった秘唇。押し出された蜜液がパンティクロッチを透過し、スパッツにまで染み出していた。

「り、莉央、さん……ゴクッ」

射精直後で蕩けた表情を晒す少年の声は上ずり、その視線が一点に注がれているのを感じる。

(あぁん、見られちゃってる。祥平くんに、あそこをいやらしく濡らしているの、バレちゃったわ)

一人の大人の女性として、または子供を持つ母親として、いたいけな中学生に晒していい姿態ではないと頭では理解しつつも、一年以上も満たされることなく放置されつづけている肉体は、さらなる悦びを得るよう催促してきていた。

「ねえ、祥平くん。お願いがあるんだけど、いい？」

「は、はい。僕にできることなら」

「ふふっ、大丈夫、できるわ。というか、この場では祥平くん以外にはできる人がいないことよ」

かすれた声で頷く少年に、艶めいた微笑みを送った莉央は、すっとその場に立ちあがると、グレーのスパッツとパンティの縁に指を引っかけ、ヒップを左右に振りながら二枚の布地を脱ぎおろしていった。すると、双臀の動きに連動するように、張りに満ちた双乳もぶるん、ぶるんっと重たげに揺れ動いていく。

「なッ!?　りっ、莉央さん、なにを……」

祥平の声が完全に裏返っていた。しかし、困惑の表情を浮かべつつも、どこか期待している眼差しで、若妻が全裸になる瞬間を見守っている。

楕円形の陰毛がふわっとあらわになると同時に、ツンッと鼻の奥を衝く蜜臭が漂いはじめた。さらに、スパッツとパンティが裏返りながらおろされていく。チュッと股布が秘唇から離れた瞬間、小さな蜜音が起こり、淫裂が予想どおりの濡れ具合であることを伝えてきた。

「し、信じられないです。莉央さんがウチのリビングで、は、裸になってるなんて……。ゴクッ、あぁ、すっごい、あ、あそこの毛も丸見えになってるよ」

(見られてる！　私、本当に祥平くんの前で全裸に……。私、人妻なのに、母親なのに、お隣の男の子に全部見せちゃうのね)

ウットリとした少年の呟きに余裕のある笑みで返しつつ、莉央も内心はドキドキが止まらない状態になっていた。

(でも、このドキドキする感じも、すっごく久しぶりだわ)

背徳的な興奮の高まりを覚えながら、莉央はスパッツとパンティを足首から抜き取った。チラッと薄布のクロッチに視線を向けると、そこには大きな濡れジミができあがっており、そのあまりの濡れ具合に頬が一気に熱を帯びた。

「本当にすっごい！　本当に莉央さんが裸で目の前に……」

勢いを取り戻したペニスを握る祥平が、陶然とした眼差しで見つめてきている。その視線の強さとまっすぐさに、腰がゾクリと震えてしまった。

「さすがに全部を脱ぐと恥ずかしさの桁が違うわね」

「あの、莉央さん、ぼ、僕へのお願いって、も、もしかして……」

緊張に震えた声で祥平が問いかけてきた。

（そりゃあ、大人の女性が目の前で全裸になったら、期待しちゃうのは当然よね。祥平くん、経験ないだろうし……。そうか、このままいったら私、中学生の男の子の初めてを、童貞を奪うことになっちゃうんだわ）

その考えに至った瞬間、莉央の全身がぶるりと大きく震えた。

「まずは私のここ、舐めてほしいんだけど、いいかしら？　上手《じょうず》にできたら、そのときは……ねッ」

再びソファに浅く腰をおろし、莉央は両脚を広げた。淫裂がくぱっと開き、空気がすぅっと撫でつけていく。それだけで、腰がゾクゾクッとしてしまう。

「は、はぃ」

完全に声を裏返らせた少年が、下腹部にペニスを張りつけた状態で若妻の脚の間に身体を入れ、しゃがみこんできた。

「こ、これが、莉央さんの、あ、あそこ……ゴクッ」

感嘆の吐息が秘唇に吹きつけられ、むず痒さに腰が揺れてしまう。

（あぁ、見られてる。あそこを、特別な関係の人間にしか、旦那にしか見せちゃいけないところを、祥平くんに、お隣の中学生の男の子に見せちゃってる。ごめんね、あなた。でも、あなたが悪いのよ。結衣が産まれてから一度も……だから、私……）

秘唇を晒すという行為は、双乳を見せたり、ヘアを見られたりするのとはまったく別次元のことであるだけに、莉央にしてもいまさらながらの感情を、夫に対する後ろめたさを感じていた。だが同時に、娘が産まれて以降オンナとして見てもらえなくなったことへの、当てつけの気持ちもあったのだ。

「あぁん、ダメよ、見ているだけじゃ。ちゃんと気持ちよくしてくれないと、次のステップに進めないんだから」

（やだわ、私いま、すっごいエッチになってる。こんなおねだりの仕方、旦那にもしたことないのに……）

「あっ、ご、ごめんなさい」

ハッとしように顔をあげた少年はゴクッと喉を鳴らすと、一つ息をつき、改めて人妻の股間に顔を近づけてきた。

（舐めてもらえる。もうすぐ、久しぶりに、あそこに刺激が……）

背徳感もさることながら、一年以上遠ざかっていた快感がもうすぐ与えられるのかと思うと、まるで初体験のときのように莉央の心臓が高鳴った。

「す、すごい、ここから結衣ちゃんが……チュッ」

「あんッ」

小さな呟きが聞こえた直後、少年の唇がスリットとキスをした。それだけで莉央の腰が浮きあがり、甘いうめきがこぼれ落ちた。

「り、莉央、さん……」

「つづけて。もっと思いきり、舐めまわして」

「は、はい」

いったん秘唇から口を離した祥平に、莉央は頷き返した。すると、少年の顔が再び女肉へ大接近してくる。

ふっと吐息が濡れたスリットをくすぐった直後、小さく舌が突き出され、チュッ、チュパッ……チュチュ……と控えめに淫裂を舐めあげてきた。

「はぁン、そうよ、上手よ、祥平くん。その調子でもっといっぱい、ペロペロして」

久々の感覚に腰を小さく揺すりながら、莉央は両手を少年の頭部に這わせると、髪の毛に指を絡みつけていった。

チュパッ、チュパッ……。スリットが下から上へ向かって規則的に舐めあげられていく。テクニックは皆無だが丁寧さは充分に伝わってくる愛撫に、肉洞内の膣襞が焦らされたように蠢き、淫蜜をさらに溢れさせていく。

（思いきりあそこを押し開いて、舌を中に入れてほしいけど、中学生の男の子におねだりするには、いささか淫らすぎるわよね。でも、ほしい……）

直接的な刺激を欲してむずがる蜜壺。だが、ここまでのことを許しながらも「淫唇を押し開いて」という要求は、中学生の少年に対して行うには卑猥すぎるという思いが強く、その代わりのように若妻の腰が徐々にその動きを大きくし、祥平の唇に積極的にスリットをこすりつけはじめていた。

「ンむっ、うぅン、ぱぁ……チュッ、ぢゅぱっ、クチュッ……」

苦しげなうめきをあげつつも、祥平は懸命に舌を動かし女肉を舐めつづけてきた。

「うぅン、いいわ、祥平くん、本当に上手、ヨッ！　はンッ！　あぅ、あッ、あぁぁ、ダメ、そこ、そんな、急に……あはぅン……」

少年の髪をクシャクシャとして悦びを伝えていた莉央の声が突然、裏返った。不意打ちの刺激に脳天に愉悦が突き抜け、眼窩に悦楽の火花が瞬く。同時に、腰が勢いよく突きあがり、一瞬ソファからヒップが浮きあがった。

ジュルッ、ヂュッ……チュパッ、ちゅ、チュチュゥ……。卑猥な音を立て、祥平の舌が秘唇の合わせ目に鎮座するクリトリスを集中的に嬲ってくる。

「あぁん、すっごい、ダメ、祥平くん、それ以上、そこ、刺激されたら私……」

（まさか、こんな的確にクリに刺激を受けるなんて……。やだ、本当に私、初めての

男の子にクンニでイカされちゃうかも）

　充血し、包皮から完全に露出していた淫突起を、尖らせた少年の舌先が確実に捉えていた。自己主張しているポッチを舐め、吸われ、していると、若妻の性感は急上昇をきたし、絶頂感の予感に震えた。

（あぁん、でも、奥……あそこの奥にも刺激、ほしい……）

　秘唇表面と、性感帯であるクリトリスには刺激を与えられていたが、膣奥はまったくの手つかず状態であり、「除《の》け者にするな！」と抗議するように、膣襞が肉洞内でくねりつづけていた。

「待って、祥平くん。もう、充分だから」

　腰に小刻みな痙攣が襲う中、莉央は祥平の頭部を両手でガッチリと押さえこみ、強引に愛撫を中断させた。

「ンぱぁ、はぁ、ハア、ンはぁ、り、莉央、さん……」

「充分よ。もうしっかりと感じさせてもらったわ。だから次は祥平くんといっしょに気持ちよくなろうかと思うんだけど」

　口の周りを淫蜜でテカらせた少年に、若妻は悩ましく上気した顔でファイナルステップへの移行を提案した。

「そ、それって、莉央さんが僕と……ゴクッ。本当にいいんですか？」

「祥平くんこそ、私が相手でもいいの？」

「は、はい。よろしくお願いします」

「わかったわ。じゃあ、祥平くんはラグの上にそのままあおむけになって。そうしたら私が上から……ねッ」

（しちゃうのね、私。祥平くんと本当に最後まで……）

人妻でありながら夫以外に身体を許すこと自体がとんでもないタブー破りであるのに、未成年、それも中学生との性交はそこに輪をかけて許されぬ行為だ。頭では理解しているのだが、うねる膣襞のざわめきの前では虚しい建前でしかない。

「こ、ここに横になればいいんですね」

緊張の面持ちでラグの上に横たわった祥平を見つめつつ、莉央はソファから腰を浮かせると、まず娘の様子を窺った。母親が隣家の少年と背徳行為に及んでいるなどとは知る由《よし》もない結衣は、安心しきった可愛らしい顔で眠っている。

（結衣ちゃん、ごめんね。ママ、本当にいけないママになっちゃうわ。でも、いまだけだから、あなたが目を覚ましたときには、ふだんのママに戻っているから、それまでもう少しだけ、おとなしく眠っていてね）

愛する娘に心で詫びを入れ、莉央は横たわる少年の腰を跨いでいく。

「す、すごい。莉央さんのあそこが、また、丸見えに……」

「もうすぐここに祥平くんのそれが、入るのよ」

少年のかすれ声に腰を震わせながら、若妻はゆっくりと双臀を落としこんだ。祥平の腰の脇に両膝をつくと、右手を急角度でそそり立つペニスにのばしていった。

（すごいわ、祥平くんのこれ、さっきまではまだ少し皮を被っていたのに、いまは完全に亀頭が露出しちゃってる。これって、さらに大きくなったってことよね）

下腹部に張りつきそうな勢いの強張り。いまや包皮は完全に後退し、ベイビーピンクの無垢な亀頭が懸命にカリを張り出していた。大人ペニスになりたての硬直の中ほどをやんわりと握り、挿入しやすいように起こしあげてやる。

「くはッ、あぁ、莉央、さん……」

「あぁん、祥平くんのオチ×チン、とっても熱くて硬いわ。すぐよ。すぐにこの熱を私の膣中で癒やしてあげるから、もう少しだけ我慢してね」

切なそうに眉根を寄せる少年に微笑みかけ、莉央はさらに腰を落としこんだ。ンチュッ、粘つく蜜音を立て、女肉に亀頭先端がキスをした。

「ンはっ！　あぁ、触ってる。莉央さんのエッチなあそこに、ぼ、僕のが触ってるのが、ゴクッ、丸見えになってる」

「いやぁン、恥ずかしいわ。でも、いいわ。しっかり見ているのよ」

卑猥な淫裂に少年を迎え入れる瞬間を目撃される羞恥。それは想像以上であった。だが同時に、自分自身が大人に導くのだという思いも湧きあがり、必要以上に股を開いてしまう。

祥平に見せつけるように、ぬめる女肉に亀頭を何度もこすりつけてやる。

「くっ、あぁ、ダメです。そんなふうにこすられたら、僕、すぐに……」

「我慢よ。いま出しちゃったら、もったいないでしょう。だから、もう少し……」

張りつめた先端でスリットを撫であげられるたび、莉央の背筋にも切ない疼きが駆けあがり、挿入を急《せ》かすように秘唇が物ほしげに開閉を繰り返していた。

(あぁん、祥平くんを焦らすつもりが、私のほうも我慢できなくなっちゃってる)

肉欲の高まりの限界を感じた莉央は、さらに数度、肉竿を小刻みに動かし膣口への入口を探った。直後、ンヂュッとくぐもった音を立て、亀頭先端が蜜壺に入りこんだ。

「あっ！　り、莉央さん」

「ふふっ、わかる？　いま祥平くんの先っぽが触れているところが、私の入口よ。いい？　挿れるわよ」

カッと両目を見開いた少年に余裕ある口ぶりで返した若妻は、次の瞬間、グイッと腰を完全に落としこんだ。ニュヂュッ、淫猥な音を立ていきり立つ強張りが一気に根元まで肉洞に入りこんできた。

「ンはっ！　あぅ、あッ、あぁぁぁぁぁ……」

声にならないうめきをあげる祥平の腰がビクンッと跳ねあがり、膣内の強張りがさらに一段膨張したのがわかる。

「あんッ、すっごい。さらに大きくなるなんて……。わかる？　祥平くんのが根元まで全部、私の膣中に、挿《はい》ってるのよ。でも、あまり大きな声は出さないでね。結衣が起きちゃう」

「わかりました。くっ、気をつけます」

「ふふっ、ありがとう」

（あぁん、挿れちゃったわ。本当に祥平くんの、中学生の男の子のオチ×チン、あそこの奥まで迎え入れちゃった。それも、結衣が眠っているすぐ側で……。あぁん、ごめんね、結衣ちゃん。そして、あなたもごめんなさい。でも、これ、本当に硬くて、熱い……）

素直な少年に艶然と微笑み返しつつ、内心は久しぶりに迎え入れた男性器の感触に歓喜の雄叫びをあげそうになっていた。

太さという面では物足りなさがあるし、ずる剝けになったとはいえ、亀頭の張り出しもまだまだ弱い。だが、それを補ってあまりある硬さと、柔襞が溶かされるのではないかと思えるほどの熱さには圧倒されるものがあった。

「り、莉央、さん……」

「いい、動くわよ。出ちゃいそうになるかもしれないけど、できる限り我慢してね」

愉悦に震える声をあげた祥平に、莉央は優しく頷き返すと、ゆっくりと腰を上下に動かしはじめた。ギュッ、グチュッと粘つく摩擦音を奏でながら、肉槍が蜜壺内を往復していく。

「あぅ、あぁ、莉央さん、くっ、はぁ、き、気持ちいいです」

「あんッ、私もいいわ。祥平くんの硬いのが、あそこをズリュズリュこすりあげてきて、はぅン、いい気持ちよ」

悩ましい微笑みで少年を見つめ、莉央はさらに腰の動きにバリエーションを加えていった。

「おぉぉ、莉央、さンッ。ダメ、そんな、エッチに腰くねらせながら動かれたら、僕、本当に……」

隣の若妻の腰が卑猥にくねりながら上下に動いていた。けっして締めつけが強い肉洞ではなかったが、強張りを翻弄するように絡みつく膣襞の蠢きに射精感がこみあげてくる。

「まだダメよ、もう少し我慢して。私のことも、もっと、気持ちよくして。そうしたら、これからも祥平くんのこれ、面倒見てあげるから」

「り、莉央さん！　は、はい、僕、頑張ります」

思いもかけない言葉に、祥平の背筋がゾクリッと震え、悦びをあらわすように、肉洞内の強張りがググッとさらに膨張を遂げた。

「あぁん、すっごい、まだ、大きくなるなんて……。ふふっ、期待しているわ」

ふだんの愛らしい顔とは違う、凄艶な色気を前面に押し出し、人妻が微笑んだ。

（まさか、莉央さんがこんなにエッチな人だったなんて……）

日常の近所づきあいではけっして見ることのないオンナの顔を晒す若妻に、祥平は気圧《けお》されそうであった。

（それにしても、まさか本当に莉央さんともエッチすることになるなんて……。それも、場所がウチのリビングで、すぐそこに結衣ちゃんが眠っているなんて……）

メロンのお裾分けをもらい、お礼にお茶を振る舞ったときには、まさかここまでのことは想像していなかった。もちろん下心がなかったとは言わない。あわよくば、また若妻の母乳を飲ませてもらえるのではないか、そうなったら再び手で出してもらえるのではないか、願っていたとしてもそのレベルで、セックスは想像の域を超えた行為であった。

「あぁ、莉央さん……」

甘い膣襞の蠢きに翻弄されつつ、祥平は迫《せ》りあがる射精感を必死にやりすごすと、両手を若妻の双乳へとのばしていった。

パツパツに張ったお椀形の膨らみ。黒ずんだ乳首からは、いまだに母乳がかすかに滲み出しているのがわかる。その弾力の強い乳肉をやんわりと揉みあげていく。すると、乳頭からピュッとミルクが飛び散った。

「あんッ、祥平くん、いいわ。こっちの面倒はちゃんと見てあげるから、好きなだけオッパイ、揉んでちょうだい」

「くッ、はぁ、やっぱり莉央さんのオッパイ、揉み応えがすっごい……」

腰を上下に動かしつづける人妻の艶顔に背筋を震わせた祥平は、母乳の詰まった乳肉を揉みあげつつ、下から腰を突きあげていった。グヂュッ、ズチュッと粘つく攪拌《かくはん》音がいっそう大きくなる。

「はンッ、ダメよ、そんな、下からズンズンしないで……。私が全部、してあげるから、祥平、くんは……」

「僕も莉央さんのこと感じさせたいんです。だから……」

「もう、生意気なこと言って。そんな子にはお姉さん、本気で腰、使っちゃうぞ」

蠱惑《こわく》の微笑みを浮かべた若妻が、その腰遣いをさらに激しくしてきた。左右にくねらせ、前後に揺さぶり、さらには膣内の締めつけまで強めてきたのだ。

「くはぅ、あぅ、あぁ、り、莉央、さンッ」

いきなりギアをあげられた祥平は、思わず両目を見開いてしまった。膣襞に絡まれるペニスが小刻みに跳ねあがり、射精感の近さに陰嚢が迫りあがってくる気配まである。それでも負けじと腰を突きあげ、人妻の蜜壺をこすりあげていく。

(す、すごい！　本当に莉央さん、見た目を裏切るエッチさだよ。これなら妖艶な雰囲気の百合恵おばさんのほうが、本質はずっとおしとやかなんじゃ……)

脳裏に初体験相手である百合恵の姿を思い描いた瞬間、背徳感に背筋がぶるぶるっと震えてしまった。同時に、強烈な締めつけと、四方八方から絡みつく熟襞の淫蕩さが思い出され、肉竿にさらなる血液が送りこまれた。

「はぁン、すごいわ、祥平くん、こんなに頑張れるなんて……。あぁん、でも、いいのよ。本当に我慢できなかったら、このまま膣中に、いいからね」

「ぐッ、くぅぅ、まだ、もう少しだけなら、我慢、できます」

(百合恵おばさんのこと思い出してさらに大きくしちゃうなんて、莉央さんに失礼すぎるよ。くぅぅ、こうなったら絶対、莉央さんにもいっぱい感じてもらわなくちゃ)

若妻とのセックス中に熟妻の肉洞を思い返す背徳に申し訳なささを感じた祥平は、こみあげる射精衝動を必死にやりすごすと、腹筋に力を入れ、グイッと上半身を起こしあげた。その瞬間、肉洞がキュンッと締めつけを強めてきた。やりすごした絶頂感の最接近に、必死に耐え抜いていく。

「キャンッ、どうしたの、祥平くん、急に」

「オッパイ。莉央さんのオッパイ飲みながら、ンくぅ、気持ちよくなりたいです」

祥平の首に両手を巻きつけるように抱きついてきた莉央にかすれた声で返すと、右手で左乳房を捏ねまわしつつ、右の突起を唇に挟みこんだ。そのままチュパッ、チュパッと吸い立てると、すぐさまほのかな温もりのミルクが口腔内に侵入してくる。それをコク、コクッと音を立てて飲みつつ、小刻みに腰を突きあげるのも忘れない。

「はぅン、もう、ほんとに甘えん坊なんだから。いいわ、好きなだけ飲みなさい。そして、私の膣奥に、祥平くんのミルクを出してちょうだい」

悩ましく眉根を寄せた若妻は対面座位で繋がった状態で、腰を揺さぶるように振り立ててきた。ヂュッ、グチョッと潰れた蜜音が結合部よりこぼれ落ち、小幅な動きながらいきり立つペニスが膣襞でキュィン、キュィンとしごきあげられていく。

「あぁ、莉央さん……莉央、さン……」

(莉央さんの膣中、どんどん感触が変化していくみたいだ。あぁ、ほんとにすっごくエッチだ)

断続的に背筋を駆けあがる快感で、眼窩に悦楽の花火があがりはじめていた。奥歯を噛むようにしてそれに耐え、祥平はいったん乳首を解放すると、左手をなめらかな若妻の背中に這わせ、小刻みな律動をつづけつつ、ぷりんっとした弾力豊かなヒップを撫でまわしていった。

「あぁん、祥平くん、素敵よ。まさか、中学生の男の子に、こんなに感じさせられちゃうなんて……」

「気持ちいいよ。莉央さんの膣中も、とっても、うはッ、ダメ、またそんな、腰の動かし方、変えないでぇ……」

ペニスを根元まで呑みこんだ状態の人妻の腰が、今度は前後に動きはじめた。縦方向のこすりあげがなくなった代わりに、淫茎は卑猥な蠕動《ぜんどう》を繰り広げる柔襞に、より蹂躙されていく。それと同時に、グツグツと煮えたぎる欲望のマグマが、出口めがけて急上昇してくる。

「うぅん、でも、これ、いいの。こうすると、私のお豆ちゃんが、祥平くんのあそこの毛とこすれて、あっ、はぁ～ン……」

淫靡に潤んだ瞳の莉央が甘い吐息混じりに返してくると、さらに腰の前後動を大きくしてきた。ギュッ、グチュッとくぐもった淫音が、神尾家のリビングに響き渡る。

「ンはぁッ、ダメだ、出る！　もう……ごめんなさい。あぁ、莉央さん、莉ッォ……あぁぁぁ、出ッるぅぅぅぅッ！」

必死に重ねてきた我慢もついに崩壊の瞬間を迎えた。根元まで呑みこまれていた強張りをさらに突き入れるように、ビクンッとひときわ強く腰が突きあがった瞬間、パンパンに膨張していた亀頭が弾け、大量の白濁液が莉央の子宮に向かって放たれた。

「ンあっ、あぁ、出てる！　わかるわ。祥平くんの熱いミルク、膣奥にいっぱい出されちゃってる」

「ごめんなさい、膣中に……。でも、我慢していたから、射精、止まらないよぅ」

「いいのよ、出して。いまはまだ妊娠しないから、だから、遠慮しないで、全部出して。でも、一回にこんなにいっぱい出されたの、初めてかもしれないわ」

絶頂には至らなかったらしい莉央は、残滓もすべて搾り出さんとするように、射精の間中もずっと腰を卑猥にくねらせつづけていた。

「あぁ、莉央さん……」

ドピュッ、ズビュッと白濁液を噴きあげながら、祥平は若妻をギュッと抱きしめていった。

「ごめんなさい。僕だけ、先に……」

「いいのよ。とっても素敵だったわ。それに、これで終わりじゃ、ないでしょう？」

上気し、艶めいたオンナの顔を見せる莉央が、一瞬、ソファのほうへと視線を送りなにかを確認すると、さらに艶然とした微笑みとなって、囁きかけてきた。

「えっ？」

「だって、祥平くんのこれ、私の膣中で硬いまんまよ。だからこのままもう一回。今度は私のこともイカせてちょうだい」

驚く祥平に人妻は密着させている腰を小さく揺さぶってきた。グチュッ、ズチュッと淫猥な音がすぐさまこぼれ落ち、肉洞内で半勃ち状態となっていたペニスが、膣襞からの刺激に、完全に勢力を盛り返していった。

「あぁ、莉央、さん……」

「ふふっ、今度は私のことも満足させてね」

性の悦びを知る大人のオンナの顔を見せる莉央は、そう言うとチュッとキスをしてきた。そしてそのまま、再びラグの上へと押し倒されてしまった。すぐさま、人妻の腰が上下に動きはじめる。

「うわッ、くっ、あぁ……」

「あぁん、本当に硬くて、熱くて、素敵よ、祥平くん」

(やっぱり莉央さん、見た目を裏切ってすっごくエッチなんだ)

悩ましく腰を振る若妻に、改めてそんなことを考えつつ、祥平は母乳の滲む豊乳へと手をのばしていくのであった。

第四章　映画館での濃厚フェラ

1

「ごめんなさいね、祥平くん。せっかくのお休みなのに、付き合わせてしまって」

六月に入って最初の土曜日。時刻は午前十一時すぎであった。莉央は隣家の少年を伴って都内のシネコンへと来ていた。

この日はもともと莉央の両親が結衣の面倒を見てくれることになっていたため、本来なら旦那と二人で映画に来るはずであった。しかし、夫が急な仕事で休日出勤となってしまったのだ。座席は事前予約で取っていたことと、映画が夫の見たがっていたアクション大作であったこともあり、祥平を誘うことにしたのである。

「いえ、この映画は僕も興味ありましたし、それに、こんなすごい席は初めてなんで、僕のほうが感謝です」

少年らしく目を輝かせている祥平に、莉央は優しい気持ちになり、クスッと微笑んだ。席は祥平の言うように、普通の客席とは別に設定されているバルコニー席であり、専用のエレベータでまずラウンジに入り、そこからシアター内の特別シートに入る仕組みになっていた。

そのシートも二人掛けのイタリア製の高級ソファで、長時間の作品でもまったくストレスなく、映画を楽しめるようになっていた。もちろん、プライバシーへの配慮も充分であり、座ってしまえばほかの特別シートを利用しているお客の存在は霧消し、まるで二人のためだけに上映されているような気分にさせてくれた。

「そう、それはよかったわ。今日はウチの旦那の分もしっかり楽しんでちょうだい」

「はい、ありがとうございます」

座り心地のいいソファに腰をおろし、ちょうど見やすい高さにスクリーンがきていることに感心しつつ言うと、祥平が再び満面の笑みで頷き返してきた。

映画がはじまると、祥平は食い入るように画面に釘づけとなっている。

（やっぱりこうしていると、ほんと年頃の男の子よね。そんな中学生の子を相手に私は……）

あまりアクション映画に興味のない莉央は、スクリーン上のストーリーを追いつつ隣の少年の様子を窺う。年頃の男の子らしい反応で映画を見ている祥平。そんな男の子と先週、禁断の関係になってしまっていたのだ。それを思い返すと、やはり羞恥心がこみあげてきてしまう。

（でも、若いってすごいわよね。二度目の中出し……最初のフェラチオを入れたら三度目の射精なのに、あんなにたくさん子宮に……）

授乳期でホルモンバランスが崩れ、妊娠しにくい体質になっているために許した膣内射精。その二度目の中出しでは、莉央自身も久々の絶頂を味わうことができていた。そのときに放たれた白濁液は、一度目のフェラチオ、二度目の膣内射精と遜色ない量であり、思春期少年の旺盛な性欲を見せつけられた気がする。

そんなことを思い返していた直後、「ドーーーーーンッ！」という大音量とともに、スクリーンから閃光が迸《ほとばし》った。映画が中盤の見せ場となる派手な爆発シーンへと突入したのだ。

「キャッ」

意識が映画から離れていたこともあり、莉央は思わず小さな悲鳴をあげ、隣に座る少年の腕を摑んでしまった。その勢いのまま、祥平の左の二の腕に弾力ある膨らみを押し当ててしまう。その瞬間、祥平の身体がビクッとなり、全身に緊張が走ったのがありありと伝わってくる。

（ヤダ、私ったら、思わず……）

少年の反応にハッとしたものの、慌てて腕を放すのもなにかよそよそしく感じて躊躇《ためら》われる。

（考えるまでもなく、祥平くんにはもう二度も母乳を与えてしまっているわけだし、前回に至っては最後まで……。だったら、しばらくはこのままのほうが自然かもしれないわね）

自分にそう言い聞かせ、莉央は祥平の腕に乳房を押しつけたまま、視線だけは大スクリーンへと向けていた。だが、変に意識してしまっているからか、心臓がやけにその鼓動を速めてくる。

（あぁん、どうしよう。祥平くんの意識が画面から私の胸に移っているのがわかる。こんな強い視線を胸に感じつづけたら、私……）

少年の視線がたびたびスクリーンからそれ、ワンピースを盛りあげ、いまや祥平の腕でひしゃげている双乳に向かっているのは明らかだ。その眼差しに、莉央の下腹部には鈍い疼きが走り、腰が小さく揺れてしまった。

（やだわ、祥平くんのあそこ、盛りあがっちゃってるじゃない。この子も私といっしょで映画どころじゃなくなっちゃってるのね）

スクリーンに映し出されている派手なアクション。その明かりによって一瞬垣間見《かいま》た少年の股間は、こんもりと盛りあがりチノパンを押しあげていた。それを見てしまった瞬間、莉央の子宮にまたしても鈍痛が襲い、久々の快楽で目を覚ました肉洞が、再びの悦びを欲して蠢きはじめる。

（あんッ、胸がまた張ってきてる。これ、パッドに漏れちゃってるんじゃ……）

祥平の左腕に押しつけている膨らみ。乳肉が内側から押しあげられる感覚が襲い、ブラジャー下にセットしている母乳パッドに、背徳のミルクが滲み出しているように感じる。

「ゴクッ」

画面と人妻の膨らみを交互に見ていた少年の喉が、小さく音を立てた。祥平も莉央の胸が張ってきているのを感じ取っているのかもしれない。

（あぁ、ダメ、もう映画どころじゃないわ）

ぶるっと背筋を震わせた若妻は、右腕を少年の左腕に絡めて乳房を押しつけたまま身体をひねると、左手で祥平の左手首を摑んだ。ビクッとした少年の、少し戸惑ったような顔が完全にこちらに向く。その目をまっすぐに見つめたまま、莉央は少年の左手を自身の太腿へといざなった。

「ヒッ」

上映中で声が出せないなか、祥平の両目が見開かれ、喉が驚きの音を小さく漏らす。

「いいわよ、触って」

二人掛けのソファ、身を寄せ合おうと思えば、いくらでも接近ができる。そのため莉央は祥平の耳元に唇を寄せ、甘く囁いてやった。

「ゴクッ、り、莉央、さん……」

生唾を飲んだ少年が、やはり囁き声で返してくる。それに対して、小さく頷き返してやった。すると、おそるおそるといった感じながら、男子中学生は手のひらを広げるようにして、ワンピースの上から若妻の右太腿を撫でつけてきた。ワンピースの生地を通して、祥平の手の温もりが伝わってくる。

(あぁ、ほんとに私、中学生の男の子に映画館でなに、やらせてるんだろう)

そうは思うものの再度の刺激を欲《ほっ》する肉体の昂《たかぶ》りには、抗《あらが》いがたい魅力を覚えてしまっているのも事実であった。

（太腿を撫でられているだけなのに、あそこの奥がジンジンしてきてる。太腿ではなくもっと別の場所をワンピースの裾から手を入れて、それで……）

控えめに人妻の太腿を撫でつけてくる少年。触らせたことによって、さらに別の刺激がほしくなり、さらに身体を疼かせることとなった。いまや蜜壺内で膣襞が卑猥に蠕動《ぜんどう》し、大量の淫蜜を薄布へと滴らせてしまっている。そして、祥平の腕に押しつけている乳房にはさらに張りを覚え、いまやパツパツになっているのがわかる。

（まさかここでオッパイを出して、祥平くんに母乳を飲んでもらうわけにもいかないし……。でも、このままじゃ、本当におかしくなってしまいそう）

チラチラッと映画に視線を送りながらも、意識の大半が若妻の双乳や太腿へと移行している祥平。その少年の股間の盛りあがりが、どうにも気になってしまう。

（あの中にはこの前のオチ×チンが……すっごく硬くて、熱かった、あの……）

太さ的には物足りないが、それを補う硬さと熱さで膣襞をこすりあげてくれたペニス。今週に入ってから、莉央はあの感触を思い出し、淫裂に指を這わせてしまったことが何度かあった。その実物が、そこにあるのだ。

少年の左腕に絡めていた右腕に、さらに強く乳房を押しつけるように密着すると、右手のひらをチノパンの盛りあげへとのばしていった。すっと股間を撫であげてやる。

「ンッ！」

漏れそうになる声を、下唇をグッと嚙んで耐えた祥平。不安げな表情でこちらを見る少年の顔がなんとも可愛い。

（こんな顔、見せられたら、私……）

バルコニー席にはほかにも観客はいたはずだが、ソファに座ってしまえば、まったく視界には入ってこない。ということは、ほかの席からも莉央たちは見えていないということになる。

（もし見つかったら祥平くんにもとんでもなく迷惑をかけちゃうけど、でも、もう我慢、できないわ）

淫欲の高まりに押しきられるように、莉央はいったんペニスから手を離すと、少年の左腕に絡めていた右腕も解いた。自然と乳房の密着も解除される。

「あっ」

その瞬間、祥平の口から小さな声が漏れ、残念そうな視線が乳房に張りついた。その素直な態度にクスッと微笑み、莉央は半身を少年に向けると、股間に向かって顔を伏せていった。

「えっ？　り、莉央、さん？」

小声をあげた祥平に、若妻は人差し指を自身の唇に押し当て静かにするよう促《うなが》した。コクコクと何度も頷きつつも、少し挙動不審になっている少年。それを無視して、左手でチノパンのファスナーをおろしていく。ゴクッと生唾を飲む音が降ってくるなか、開いたファスナー部分から指を入れ、下着の前開きの中へと侵入させると、硬くいきり立っている強張《こわば》りをなんとか引っ張り出した。

(すっごい。もう、完全に剝けているのね。先週よりもさらに成長しているんだわ)

包皮から完全に露出した亀頭先端から、アンモニア臭混じりの、ツンッと鼻の奥を衝く牡臭が襲いかかってきた。その芳香にぶるりと腰を震わせ、莉央は張りつめた亀頭をパクンッと咥えこんだ。

「ンむっ！　ぅうぅ……」

必死にうめきを抑える祥平の腰がビクンッと跳ねあがったのがわかる。その瞬間、口腔内に迎え入れた肉竿も胴震いを起こし、先走りがピュッと舌先を叩く。

(あぁん、ダメ、祥平くんのエッチな我慢汁で、私のあそこ、いっそう……)

肉洞内がジュクジュクにぬかるんできている感覚を覚えながら、莉央はなるべく音を立てないよう、ゆっくりと首を上下に動かした。ピクピクッと小刻みに跳ねあがるペニス。その先端から絶えず漏れつづける先走りの味わいと、鼻の奥を突き抜けていく香りに、若妻の脳がゆったりと揺さぶられていく。

「うッ、うぅ〜ン……」

押し殺したうめきを漏らす祥平の腰が、狂おしげに左右に揺れている。さらに右手を莉央の頭部に這わせ、快感を伝えるようにナチュラルブラウンの髪をクシャッとしてくる。おまけに左手はパツパツに張ってしまっている乳房へとのばし、ワンピース越しに右の膨らみをムギュッと揉みこんできた。

「ンふっ、う〜ン……」

(あぁん、ダメ、いま揉まれたら、母乳がバッドから溢れちゃう)

そうなったらワンピースの胸元に母乳のシミが浮きあがってしまうかもしれない。ただでさえ、淫裂から滲んだ蜜液がパンティのクロッチに大量に滴り、ワンピースのヒップのあたりにもシミを作ってしまっている懸念があるのだ。

ワンピースの前後に淫らな濡れジミを作るわけにはいかない。その思いが若妻の口唇愛撫をいっそう激しいものにした。音が漏れないよう最大限の注意を払いつつ、首振り速度を一気にあげていく。少年の腰が断続的に跳ねあがり、口腔内の亀頭がググッと膨張したのがわかる。

「あぁ、莉央さん、もう限界です。僕、もう、出ちゃいます」

囁くような声で絶頂感が訴えられた直後、ひときわ激しく祥平の腰が突きあがった。刹那、ドピュッ、ズビュッと熱い白濁液が喉の奥を直撃してきた。

「ンぐっ、うぅ……むぅン……コクッ……コクッ……」

鼻から脳天に突き抜ける濃厚な欲望臭に快楽中枢を揺さぶられながら、莉央は一滴漏らさず、吐き出された精液を喉の奥に送りこんでいく。

(すっごい量。そりゃあ、そうよね。この前も一発目は口だったけど、やっぱり量、多かったもの。あぁん、でも、ダメ。祥平くんの精液で、私の身体、さらに火が点《つ》いちゃってる。映画、あとどれくらいで終わるのかしら)

喉の粘膜にへばりつく粘液。その味わいと匂いに、若妻の性感は制御不能な領域に追いこまれそうであった。かといって、さすがにここで挿入のおねだりをするわけにはいかない。

(困ったものね。私、すでに今日も祥平くんと最後までする気になってる。一度だけなら過ちですんだのに、複数回では、言い訳の余地もないわ)

休日出勤している夫や、自宅マンションにいる娘、そして孫の世話をしてくれている両親に対する申し訳なさが胸にこみあげてくる。だが同時に、オンナとして満たされる瞬間を待ち侘びる思いも強まっていたのだ。

「ンぱぁ……はぁ……」

吐き出された欲望のエキス、そのすべてを嚥下《えんげ》した莉央は、小さく息をついて肉槍を解放した。半勃ち状態のペニスからは、鼻腔を衝く性臭が濃く漂ってくる。その香りに反応しそうな身体を押しとどめ、人妻は淫茎を下着の中へとしまいこみ、ファスナーも引きあげると、何事もなかったかのように上体を起こしあげ、大スクリーンに視線を向けた。どうやら映画はクライマックスに突入しているようで、またしても派手なアクションが繰り広げられている。

「り、莉央さん、僕、まだ……」

「わかってるわ。気持ちは私もいっしょよ。映画が終わるまでの我慢よ。そうしたら……ねッ」

すっと身を寄せ耳元で囁いてくる祥平に、莉央もそっと囁き返した。

2

シャーーーーーーーーー……。

浴室の天井に設置されていたオーバーヘッドシャワーから勢いよく流れ落ちたお湯

を、二人は揃って頭から浴びていた。

「莉央さんが映画中にあんな悪戯するから、僕、映画の後半、全然集中できなくて、お陰で内容も飛び飛びですよ」

「それは祥平くんのせいよ。祥平くんが私のオッパイをチラチラ見てくるから、それに、オチ×チン、大きくしちゃってたし」

「それは、莉央さんがこの大きくて気持ちのいいオッパイ、押しつけてきたからじゃないですか」

「はンッ、ダメ、そんな強く搾らないで」

映画をエンドロールまで鑑賞し場内が明るくなると、祥平と莉央はそそくさと席を立ち、映画館をあとにしていた。向かった先、というか、人妻に連れて来られた先は繁華街の一区画に何軒も並んでいたラブホテルの一つ。

エレベータに乗った瞬間から何度もキスを交わし、身体をまさぐり合った二人は、部屋に入るなりすぐ裸になり、まずはシャワーを浴びようということになったのである。

しかし、さんざん焦らされた祥平は、ベッドまで我慢できずに後ろから莉央に抱きつき、パツパツに張った双乳を揉みしだいていた。ピューッと勢いよく飛び出したミルクが、浴室の壁に当たって白い航跡を描きながら滴り落ちていく。

「だって僕、ずっと我慢してたから。映画館じゃ、声を出せないし、ほかのお客さんに気づかれたどうしようって、気が気がじゃなかったんですからね」

張りの強い豊かな膨らみの揉み応えに陶然となりつつ、祥平は人妻のぷりんっとしたヒップに完全勃起を押しつけていった。

「あぁん、そのわりには大量の濃いミルク、私のお口に出してたじゃない。それに、それは私だって同じよ。あんな場面を見られたら大人である私のほうが立場悪いんだから。はんッ、ダメよ、祥平くん。そんな硬いの押しつけられたら、私だって……」

「莉央さん、僕、もう我慢できないです。いまここで挿れさせてください」

否定の言葉を口にしつつも、双臀を左右に振るようにして勃起を刺激してくる莉央に、祥平は背徳の願いを口にした。

「私、人妻なのよ。それに、母親でもあるんだから」

「わかってます。でも、莉央さんがいけないんだ。こんな素敵な身体で誘惑してくるから。結衣ちゃん、ごめんね。お兄ちゃん、また、ママと……」

「あんッ、ダメ、結衣の名前は出さないで」

その瞬間、悩ましく潤んだ瞳でこちらを振り返った莉央の全身が、ぶるっと震えたのがわかる。その眼差しの艶っぽさに、祥平も背筋をざわつかせてしまう。

（莉央さん、見た目以上にエッチだけど、やっぱり結衣ちゃんや旦那さんのことを考えると、後ろめたい気持ちになっちゃうよな。でも、それは僕も同じだよ）

マンションの隣の部屋で生活しているだけに、莉央の夫とも当然、面識はある。百合恵夫妻のように昔からの顔なじみで、親戚のおじさん、おばさんに近い感覚、というのとはまったく違うが、若妻の伴侶も感じのいい人だけに、罪悪感はどうしても覚えてしまうのだ。しかしいまは、そのタブーすら超越するほどの淫欲が全身に漲《みなぎ》っていた。

「ごめんなさい。でも、本当にもう、我慢の限界なんです。だから……」

「しょうがないわね。わかったから、一度、離れて」

祥平が哀願すると、艶然と微笑んだ莉央がコックをひねってオーバーヘッドシャワーを止めた。

いったん人妻の身体を解放した祥平は、右手のひらで顔の水滴を拭《ぬぐ》うと、髪を掻きあげるようにして滴り落ちる水滴の一部を飛ばした。そして、痛いほどにいきり立ち、天を衝くペニスを再び握ったのだ。自身の身体の一部とは思えないほど、硬く、熱くなっている強張り。軽く握っただけで、ビクッと胴震いを起こし、射精感が迫《せ》りあがってきてしまう。

「ふふっ、本当にすごいわね。挿れる前に出ちゃうんじゃない？」

「だ、大丈夫です。絶対に莉央さんの膣中まで保《も》たせますから」

「あらあら、人妻の子宮に出したいなんて、可愛い顔して、いけない子ね、祥平くんは。でも、いいわ。その素直さに免じて、許してあげる」

困ったような、それでいてこの状況をどこか楽しんでいるような表情を浮かべた莉央は、そう言うと改めて浴室の壁に両手をつき、双臀をこちらに突き出してきた。

「あぁ、莉央さん……」

先週以来となる若妻の淫裂。そこは直接水流が当たったわけではないのに、シャワーから滴り落ちた湯で濡れた、と言うには無理があるほどにたっぷりと潤んでいた。

(やっぱり莉央さんのあそこって、百合恵おばさんよりずっとエッチだよな)

初体験相手であった熟妻の秘唇は、年齢のわりに美しいベージュピンクで陰唇のはみ出しもあまりなかったのだが、若妻のそれは少し黒みのかかった薄褐色であり、ビラビラも卑猥にはみ出し、強張りを誘いこむようにヒクヒクとしていた。

ゴクッと生唾を飲みこみ、右手に強張りを握って突き出された若妻のヒップに腰を近づけていく。すると、莉央が開いた脚の間から右手を後ろに差し出してくる。祥平はバトンの受け渡しをするように、ほっそりとした人妻の手にペニスを委ねた。

「あんッ、ほんとにすっごく硬くて熱いわ」

卑猥に口を開くスリットに硬直を引き寄せつつ、若妻の右手がユルユルと肉竿をこすりあげてきた。

「り、莉央さん、ダメ、そんな、こすられたら、僕……」

莉央の括れた腰に両手をあてがった祥平は、予想外の手淫に射精感が一気に襲い来る恐怖に駆られた。

「あら、膣中まで保たせるんじゃなかったの？」

「そ、そんな意地悪、くッ、言わないでよぅ」

愛らしい顔に艶めいた微笑みを浮かべ、からかうような言葉をかけてくる若妻に、祥平は切なそうに顔をゆがめた。

「ふふっ、もう少しだから我慢して。そうすれば、手よりもずっと気持ちよくしてあげるから」

優しく言い聞かせてくる莉央に頷《うなず》き返すと、人妻の右手がさらに淫裂へと近づいた。

直後、ンチュッと接触音が起こり、張りつめた亀頭が卑猥な女肉とキスをした。

「ンくっ、はぁ、り、莉央、さん……」

「もう少しよ。本当にあとちょっとだけだから我慢して」

若妻の細腰を両手でグッと摑むと、莉央が右手を小刻みに動かしながら返してきた。肉竿が微妙に動かされるたびに、ぬめった秘唇で亀頭先端がこすられていく。そのつど強張り全体を小さな痙攣が襲い、煮えたぎったマグマが陰嚢内を暴れまわる。

歯を食いしばるようにして射精衝動をやりすごした直後、ヂュッと粘つく音をともない、亀頭が膣口を圧《お》し開いた。

「り、莉央さん」

「ええ、ここよ、いいわよ、そのまま腰を突き出して」

「は、はい。じゃあ、い、イキます」

小さく一つ息を整え、祥平はグイッと腰を突き出した。ンヂュッとくぐもった音を立て、ペニスが莉央の蜜壺にスルスルッと吞みこまれていく。

「ンはっ！　あっ、あぁぁぁぁ……。は、挿った！　また、僕のが莉央さんのあ、あそこに、くぅぅう、ヌメヌメしていて、き、気持ち、いい……」

適度な締めつけの肉洞で強張りを甘く絡め取られた祥平は、脳天に突き抜けた愉悦に総身を震わせた。

「はンッ、硬いわ。ほんとに祥平くんの、硬くて、すっごく、熱い」

再び蜜壺を満たしてきた少年のペニスに、莉央の腰がぶるっと揺らめいた。

（ほんとにまた祥平くんの硬いの、受け入れちゃった。こんなこと絶対に許されないのに、でも……）

夫以外に許してはいけない場所。そこを二度までも隣家の少年に開放してしまった禁忌。罪悪感は覚えつつも、まだ二十代の若いオンナの肉体は、背徳の強張りがもたらす悦びに打ち震えてしまうのだ。

「あぁ、莉央さん、くッ、すっごいですよ。こうして腰を動かすと、膣中がウネウネして、僕のに絡んできてるぅ」

括れた腰を両手でしっかりと摑んだ祥平が、ゆっくり腰を前後させてきた。グチュッ、ズチュッと粘つく摩擦音がたちどころに起き、膣襞を甘美にこすりあげてくる。

「あんッ、私もいいわよ。祥平くんの硬いので、膣中、こすられると、うンッ、気持ち、いいわ。もっとよ、もっと思いきり、腰をぶつけてきていいのよ」

「くほッ、あぁ、ダメ、そんなエッチに、お尻、フリフリされたら、僕、すぐにでも出ッ、出ちゃうよぅ」

さらなる律動を催促するように、莉央がヒップを左右に振ると、腰を摑む少年の手にグッと力がこもり、さらには肉洞内の強張りがビクンッと跳ねあがった。

「あんッ、ダメよ、まだ。もう少し、我慢して。ほら、オッパイにも手をのばしていいのよ。好きでしょう？　母乳のたっぷりと詰まったママのオッパイ」

「好きです。莉央さんの、莉央ママのオッパイ……結衣ちゃんから奪って、僕のモノにしたいくらい、好きです」

そう言うと祥平は腰から手を離し、若妻の背中に上半身を密着させるように覆い被さってきた。当然両手は莉央の腋の下から前方に突き出され、パツパツに張ったお椀形の膨らみに被せられてくる。その瞬間、腰がさらに密着し、肉槍がググッと膣奥まで押しこまれてきた。

（はぁン、祥平くんのがさらに奥まで……。やっぱり成長期の男の子ってすごいわ）

ぶるっと腰が震え、悦びに肉襞がキュンッとざわめいた。

「くッ、はぁ、絡む。僕だけのオッパイに触ったとたん莉央さんのエッチなヒダヒダが、いっそう……」

「あぁん、それは祥平くんのがさらに奥まで犯してくるから……。それに、このオッパイはまだ、結衣の……。でも、もうすぐ離乳の時期なの。だから、完全にあの子がオッパイを卒業して、それでもまだ出るようならそのときは……」

「僕だけのモノですからね」

かすれた声で宣言すると、少年はムニュ、モニュッと双乳を揉みこんできた。

「はンッ、祥平、くぅン……」

（あぁ、私、なに口走ってるんだろう。これじゃあ、これからもずっと祥平くんとエッチな関係をつづけていくって、言ってるようなものじゃない）

自身の口からこぼれ出た言葉に、莉央は背筋がゾクリとした。同時に肉洞がキュンッと震え、ペニスをギュッと締めつけていく。

「うわっ、くぅぅ、締めつけが強くなってます。あぁ、膣中のウネウネだけじゃなく、莉央さんのエッチなあそこが全体的に激しく……」

「もう、そんな言い方しないで。別に私のあそこがエッチなわけじゃないのよ。祥平くんのがとっても素敵だから、私の膣中が悦んでいるのよ。だから、もっと悦ばせて、もっと感じさせてちょうだい」

「おぉぉ、莉央さん……」

押し殺した声を出した祥平が、両手で豊乳を揉みしだきつつ、腰を小刻みに前後に振りはじめた。ヂュッ、グチュッと卑猥な淫音を奏で、ペニスが蜜壺を往復していく。

「あんッ、そうよ、その調子で頑張って」

まったくこなれていない不規則な律動ながら、硬いオトコで柔襞をこすられると、背筋を愉悦が駆けあがり、快楽中枢が妖しく揺らされていった。

「気持ちいいよ、莉央さん。オマ×コも、オッパイも両方とも……」

「あぁん、祥平くんったら、ダメよ、そんなエッチな言葉、はンッ！　はぅン、いきなりそんな、搾らないでぇ」

少年の口から出た卑猥な四文字言葉に、ゾクリと背筋を震わせた直後、今度は祥平の両手の指がぷっくりと硬化した乳首を摘まみ、圧迫してきた。するとすぐさま、母乳がピュッと迸ったのだ。

「あぁ、すっごい。僕のを莉央さんのエッチなあそこでこすってもらいながら、オッパイまで搾れちゃうなんて……。あぁ、飲みたいよ。僕、また莉央さんのオッパイ、チュウチュウしたい」

「飲ませてあげるわ、あとでいくらでも。でも、いまは……」

「約束ですよ、莉央さん」

のちほどの授乳を約してやると、祥平のペニスがまたいちだんと体積を増したのがわかった。さらに、少年の腰の動きが激しくなり、ペチン、ペチンと腰が双臀にぶつかってくる。

「あぁん、いいわ、祥平くん、素敵よ」

（でも、このままじゃ私、置いてけぼりにされちゃう）

肉洞内を往復するペニスが小刻みに痙攣し、亀頭が苦しげに震えているのを膣襞が敏感に感じ取っていた。祥平の射精まであまり時間は残されていなさそうだ。

莉央は浴室の壁についていた両手の内、右手を離すと、自らの股間へとおろしていった。シャワーで濡れた陰毛を掻き分け、秘唇の合わせ目へと向かわせる。

中学生の少年の欲望を呑みこむ女肉の上部、完全に包皮から顔を覗かせたクリトリスを中指の腹で軽く転がしていく。

「はンッ！　うぅん……はぁン……」

その瞬間、鋭い喜悦が脳天に突き抜け、ゾクゾクッと背筋がわなないた。

「くわッ！　あぅ、あぁ、し、締まる……莉央さんの膣中が急に、くぅぅ、ダメです、そんなふうにされたら、僕、本当にもう……」

「いいわ、出して。好きなときに、好きなだけ、私の膣奥に、注ぎこんでぇ」

「ンおぉぉぉ、莉央さん……莉央、さ、ン……」

双乳を揉みこみ、乳首から母乳を搾り出していた祥平の両手が、乳房から再び腰に戻された。人妻の細腰を摑んだ少年の腰の動きが、いっそうダイナミックになる。べチン、ベチンッと勢いよく腰がヒップに叩きつけられ、子宮が前方に押し出される感覚が襲いかかった。

「はンッ、あぅ、あぁ、す、すっごいわ、祥平くん、本当に、あぁん……」

（いきなりこんなに激しく突かれたら、私、もしかしたらいっしょに……）

右手中指で勃起した淫突起を撫でまわす莉央は、急にたくましくなった少年の律動に翻弄されつつあった。血液漲る熱く硬い肉槍で膣襞を抉りこまれると、それだけで眼窩に愉悦の瞬きが襲い、絶頂感が急速に近寄ってくる。

「おぉぉ、莉央さん。出ます！　僕、もう、ほんとに……」

「いいわ、キテ！　祥平くんの熱いミルク、また私の子宮にゴックンさせて」

祥平の訴えに、莉央はクリトリスを弄る指先に力をこめつつ頷き返した。淫突起からの快感と、膣内を往復するペニスがもたらす淫悦に脳がクラッとしてくる。まったく手を触れていないにもかかわらず、パンパンに張った双乳の先端からは母乳までもが滴り落ちていた。

「出るッ！　莉央さん！　莉ッ、オ……あッ、あぁぁぁ……ッ！」

浴室に祥平の絶叫がこだました瞬間、若妻の子宮に熱い迸りが叩きつけられた。

「あぁん、イクッ！　私も、祥平くんの熱いミルクで、イッグぅ〜〜〜〜ンッ！」

胎内で欲望のエキスが暴れまわるのを感じた瞬間、莉央の全身にも絶頂痙攣が襲いかかった。腰が激しく震えると同時に頭が真っ白になり、視界が一瞬にしてホワイトアウトした。膝から力が抜け、浴室の床に崩れ落ちていく。

「おぉぉ、莉央さん……くッ、はぁ……だ、大丈夫、ですか？」

膣内に精を放ちながらも、祥平は人妻の腰をしっかりと摑み、いっしょにくずおれてくれていた。浴室の床に四つん這いとなった莉央の背中に上半身を密着させつつ、耳元で囁きかけてくる。

「あぁ、祥平くん、大丈夫よ、ありがとう。あぁん、すっごい、私のお腹、祥平くんのミルクでポカポカしちゃってるわ」

荒い呼吸をつきつつ答えた莉央は、悩ましく上気した顔を後ろに向け、艶然と微笑んだ。

「ンはぁ、とっても気持ちよかったです。ありがとうございます」

「ふふっ、それはよかったわ。でも、まだしたりないんでしょう？」

恍惚に蕩けた顔で見つめ返してくる祥平に、莉央はわざとらしくヒップを左右に振った。その瞬間、いまだ硬度を維持していたペニスが、膣内でピクッと跳ねあがったのがわかる。

「くはッ、あぁ、り、莉央、さん……。そ、そうです。僕、莉央ママのオッパイ、飲みながら、出したいです」

「いけないお兄ちゃんね。でも、約束だものね。いいわ、つづきはベッドで、ねッ」

(私、本当に祥平くんとの関係に溺れかけてる。それも、結衣を両親に預けているときに、旦那が仕事しているそのときに、ラブホテルで……)

素直に打ち明けてくる少年の正直さに微笑ましさを感じながらも、脳裏をよぎった背徳感に、全身を再び大きく震わせてしまうのであった。

3

祥平と二度目の過ちを犯して早四日。ひととおりの家事を終え、結衣も母乳を飲んでグッスリと眠っていた昼下がり。外廊下のインターホンが鳴らされた。

(あら、百合恵さん)

「はい。いま、開けるんで、ちょっと待ってください」

室内モニターで確認し、リビングから玄関に小走りで向かうと、手動で解錠し扉を開ける。

（やっぱり百合恵さん、すっごく綺麗で、スタイルも羨ましいくらいにいいわ）

白いカットソーにやはり白のアンクルパンツ姿の熟妻。莉央よりも五センチほど背が高く、グラマラスな肢体をした百合恵は、同性の目から見てもゾクリとするほどの艶っぽさで溢れている。

「ごめんなさいね、忙しい時間に。結衣ちゃん、大丈夫？」

「いまはグッスリお休み中なんで、大丈夫です。それで、どうしたんですか？」

「ああ、これなんだけどね、この前のメロンのお礼にと思って。旦那が仕事先からもらってきたバームクーヘンなんだけど、よかったらもらってくれないかしら」

「ありがとうございます。でも、いいんですか、こんな箱ごとなんて」

渡されたのは縦横が三十センチ、高さも十センチほどある化粧箱であった。

「それが二つきたのよ。だから、よければそのまま受け取って。中には食べきりサイズにカットして個包装されたバームクーヘンが入ってるから」

「そういうことなら、遠慮なくいただきます。時間があればお茶でもいかがですか、お持たせですけど」

「そうね、せっかくだから、ご馳走になろうかしら」

受け取った箱を見せるようにして尋ねると、妖艶熟女も微笑みながら受け入れてくれた。そこで家の中へと招じ入れ、リビングへと案内する。

「百合恵さんのところみたいな本格的なやつじゃないですけど」

いちおうコーヒーメーカーで落としたコーヒーをカップに注ぎ、ダイニングの椅子に座る熟妻に差し出す。

「ありがとう、ちょうだいするわ」

なんの変哲もないコーヒーカップなのだが、艶のある人妻が口元に運ぶと、なんだか高級カップに見えてくるから不思議だ。

（あれ？　改めて見ると百合恵さん、以前よりも肌の張りと艶がよくなってない？）

日頃から顔を合わせることも多いご近所さん。それまではあまり気にしていなかったのだが、こうして正面からまじまじと見ると、元から目鼻立ちが整い艶のある相貌がいっそう輝いているように感じられる。化粧を変えた感じではないため、内面からの輝きだろう。

（これって旦那さんとの夜の性活も充実しているってことかしら。だとしたら、羨ましいわ。私は最近、ようやく祥平くんので……）

夫とのセックスレスの穴埋めのように、隣家の少年と結んでしまった禁断の関係。

久々の絶頂を味わうことはできても、旦那に対する罪悪感を完全に拭うことはできない。それだけに、夫婦関係が円満そうな百合恵に羨望を覚えてしまうのだ。しかしそれとは別に、祥平の若い漲りを思い出した下腹部が、キュンッと疼いてしまった。

(あんッ、彼に対しては悪いって思っているのに、身体が祥平くんを求めちゃってるなんて……)

腰を小さくくねらせ、莉央は苦笑を浮かべてしまった。

「どうしたの急に顔をにやつかせて。なにかいいことでもあったの?」

「えっ? あぁ、うぅん、そうじゃないんですけど……。そうだ、百合恵さん、変なこと聞いてもいいですか?」

「いいわよ、なに?」

百合恵の言葉に現実に引き戻された莉央は、首を左右に振り、改めて問いかけた。

「ほんとに変な質問なんですけど、ご主人とのエッチって週に何回くらいですか?」

「ちょ、ちょっと、本当になによ急に、そんなこと」

夫婦の夜の性活に関する質問だとは思っていなかったのだろう。百合恵が少し慌てた感じで、莉央の真意を確かめるように見つめてきた。

「すみません。ただ、結衣の妊娠がわかってからは、一度もないものですから」

莉央自身、突飛な、失礼な問いかけだと理解できるだけに、頰を赤らめながら言い訳していく。

「妊娠がわかってからってことは、出産後も一度もないの？　それはちょっと……ツライわねね。莉央さんが打ち明けてくれたから、私も正直に答えると、あって年に数回程度よ。それも減少傾向。今年は……って感じかしら」

肩をすくめるようにして答えてくれた百合恵に親近感を覚えつつ、百合恵の肌艶がよくなったように感じた疑問は解消されなかった。

（それが本当ならこの半年エッチしていないのよね。なら、肌艶がいいのは……）

抱いてくれるほかの男性がいるのではないか、そんな思いが脳裏をよぎった。

（自宅にはさすがに連れこんでないだろうから、きっと外で……）

ほかの家を監視しているわけではないため本当のところはわからない。しかし、住人以外が頻繁にマンションに出入りすればやはり目立ち噂になる。そんな噂は聞いたことがない以上、仮に誰かがいても目立たぬよう外で会っているはずだ。

（そもそも百合恵さんの家に頻繁に訪れている男性なんて、祥平くん以外には思い浮かばないけど……私じゃあるまいし、まさか、そんなことはないわよね）

隣家の少年の顔が浮かんだ瞬間、背筋がゾクッとした。自身が背徳の関係を持ってしまっているがゆえの想像だけに、自分でもどうかしていると思える。

「回数はともかく、旦那さんとエッチがあるだけ、私よりマシですよ」

想像してしまった不貞はおくびにも出さず、莉央は返していった。

「自分から誘ったりは？」

「したんですけどまったく反応がなくて。百合恵さんはご自分からいくんですか？」

「私もないわね。ウチの夫婦の場合『子供はまだ諦めていません』って両家の親への言い訳めいた部分があって、愛情があるかというと疑問符なのよ。愛のないエッチなんてしたくないでしょう。だからなんとなく義務的にそろそろ……って感じよ」

（そのわりには、まったく満たされていないって雰囲気じゃないのよね）

苦笑いを浮かべながら、それでも率直に答えてくれた百合恵にお追従《ついしょう》笑いを浮かべつつ、再び従前の疑問へと立ち返っていた。

（まあ、百合恵さんほどの美女なら、相手なんてそれこそいくらでも……）

艶めかしい美貌とグラマラスな肢体を誇る三十路美女。その気になれば、男などいくらでも寄ってくるだろうと思える。

「ところで、莉央さんは最近、祥ちゃん、お隣の祥平くんとずいぶん仲よくしているみたいね。月曜日にウチで夕食をいっしょしたときにも、先週の土曜日に映画に連れていってもらった話を楽しそうにしていたわよ」

「えっ、ええ、そうなんです。あの日は私の両親が結衣の面倒を見てくれることになっていて、本当は主人と行くつもりだったんですけど、彼が休日出勤しなくてはいけなくなってしまったので、祥平くんに代役を」

百合恵に突然話題を変えられた瞬間、ドキッとした。祥平が熟妻に莉央との関係を話すとは思えないが、それでもやましさがあるだけに声が若干上ずってしまう。

「ああ、そういうことだったの。すっごい豪華なシートだったって、あの子、興奮気味だったわよ」

「確かに、私もあんなシートで映画を観たの初めてでした。祥平くんも喜んでくれていたので、誘ってよかったなと思っていたんです。なにせ、ふだんから『もし買い忘れたものがあれば、言ってくれれば届けます』って言ってくれて、実際、何度か甘えてしまっていたので、そのお礼にもなったかな、と」

「なるほどね。確かに結衣ちゃんを連れてまた買い物に出るの、大変だものね」

納得したように笑顔で頷いてくれてはいたが、百合恵の目がまったく笑っていないのを莉央は感じ取っていた。

(もしかして百合恵さん、私と祥平くんの関係を疑ってる？　まさか、そんなことはないと思うけど、変なことを言ってやぶ蛇はマズいし……。まあ、いまの言い訳は、

ちょっと取って付けた感があったかもしれないから、それで、でしょうけど）

他言できない関係になっているだけに、疑心暗鬼にもなりかけてしまっていた。

「でも、祥平くんなら、百合恵さんのほうが付き合い、長いんじゃないですか。いまの話だと、月曜日の夜も食事、いっしょだったみたいですし」

「そうね、このマンションに越してきた当初からだから、八年くらいになるのかしら。当時、小学生にもなっていなかった男の子が、もう中学生なんて、ほんと時間の流れを感じるわ。それに、あんなにたくましくなって……」

最後はほとんど呟《つぶや》くような声であった。そして、その言葉を発した直後、熟妻の頬がポッと色づいたのを莉央は見逃さなかった。

（もしかして、本当に百合恵さんも祥平くんと……。あっ！　もしかしたら月曜日にもエッチしていたんじゃ……）

「たくましくなった」と言っても、まだまだ幼さを残した中学二年生の男の子。しかし『たくましさ』の意味によっては、莉央自身、充分に頷けてしまうのである。

（もし本当にそうだとすれば、祥平くんは人妻二人と……）

あどけない少年が、三十路の熟妻と二十代の若妻、二人の人妻と肉体関係にあるかもしれない可能性。それに気づいた瞬間、あまりの背徳感に莉央の子宮には鈍痛が襲ってきた。

（あぁん、ダメ、祥平くんとエッチするようになってから、身体が敏感になってる。あれ？　もしかして、私も気づかないうちに、肌の張り艶、以前よりもよくなってるんじゃ……。夫婦間でエッチがないこと、話しているし、それで百合恵さん……）

いままでの話の内容を考えると、莉央が百合恵に対して抱いた疑問を、熟妻も持ったかもしれないことに気づいた。

「子供の成長って、大人が思っている以上に早いですものね」

「ええ、本当に。うふっ」

意味ありげに微笑むと、百合恵もゾクリとするほどの艶っぽい微笑みを返してきた。その悩ましさに、莉央の腰がまたしてもぶるりと震えてしまった。

（やだ、本当に身体、疼いちゃってる。これじゃあ、また祥平くんに「買い忘れ」を届けてもらわないといけなくなっちゃう）

夫が満たしてくれなくなった欲望を埋めてくれる少年。その顔を脳裏に描き、若妻の頬は自然と緩んでいた。

4

（もしかして、以前のあの話、本当は……）

木曜日の午後四時前。帰宅ラッシュにはまだ早い時間帯であるが、駅のホームは人で溢れていた。事故の影響で一時止まっていた電車の運転が再開された直後だけに、ホームに電車が入ってきても、すでに満員状態で少数しか乗ることができず、乗車待ちの列は改札からの階段にまで達している。

百合恵は辟易《へきえき》とした思いでその列に並びながら、思考はまったく別のところに飛んでいた。それは、我が子のように可愛がっている隣家の少年のこと。そして、二軒隣の若妻のことである。

前日、以前もらったメロンのお礼にバームクーヘンを届けた際にお茶をご馳走になり、そのときに交わした会話。

（確信はない。でも、私と同じように莉央さんも祥ちゃんと……だとすれば……）

話題が祥平のことになった際の、若妻のちょっとした顔色の変化や仕草、そして言葉の端々から、自分が童貞を奪った少年が、若妻とも肉体関係を持っているのではないかという思いに至っていたのだ。

（仮に莉央さんとも関係があったとして、それは私がどうこう言えたことじゃないんだけど、でも……）

夫を持つ身でありながら中学生の少年、それも息子のように思っている祥平に身体を許してしまっている以上、若妻のことをとやかく言える立場ではない。しかし、愛する息子を奪われたような感情が沸き立ち、どうにも心が波立ってしまうのだ。

（でも、いつからかしら？　祥ちゃんの初めてを私が奪ったのは確かだから、そのあとなんでしょうけど……。いえ、もしかしたらその前に……）

祥平の初めてを奪った日。あの日は日中、莉央がメロンのお裾分けを持って家を訪れていた。そのとき祥平の目の前で娘に母乳を与えてしまった話を聞いたのだが、少年に母乳を飲んでみるか尋ねた、という話もしていたはずだ。

さらにその前日、祥平が莉央の家から赤い顔で出てきたところを目撃していただけに、心にざわめきが起こったが、あのとき若妻は母乳を与えたことを否定していた。しかし、実際には飲ませていたのではないか、という疑惑が浮かびあがってくる。

（莉央さんが結衣ちゃんにオッパイをあげている場面を見たことで、私も祥ちゃんに胸を与え、そして……。あのとき、祥ちゃんが童貞であったことは間違いないわ。だから、その後、莉央さんとの間になにかがあって、それで……。祥ちゃんの硬いのが、莉央さんのあそこにも……）

勃起すればすっかり包皮が剝けるようになったペニス。未熟ながらも張り出したカリで膣襞をこすられる感覚が思い出され、乗車待ちの列に並ぶ熟女の腰が小さく震えてしまった。

（私ったらこんな人出の多いところで、なにを思い出そうとしているのかしら。いやらしい。実際のところは、直接本人に聞かないとわからないことだけど、莉央さんに聞けることでもないわよね）

人妻、主婦という立場はまったく同じなのだ。そんなことを尋ねれば、それはそのままブーメランとなって自分に返ってくる。しかし、祥平を息子のように思っている立場からすれば、どうも落ち着かない感覚に陥ってしまう。

（はぁ、まさか、祥ちゃんの女性関係で悩む日が来るなんて、想像したこともなかったわ。まったく、これじゃあ本当に母親だわ。まあ、本当の母親なら息子とエッチなんて、絶対にしないでしょうけど）

ゆっくりと消化されていく乗車待ちの列。ようやく次くらいには乗れそうかというところで、百合恵は小さく苦笑を浮かべてしまった。その直後、ホームにはまた満員の電車がすべりこんできた。

ドアが開くと、ドア付近に立っていた乗客がホームに押し出されてくる。そして、その中にショルダータイプの学生鞄を、左肩から右腰脇に向かって斜めがけした祥平がいたのだ。

「あら、祥ちゃんじゃない。この電車に乗ってたの？」

「えっ⁉ あっ！ 百合恵おばさん？ ようやく乗れたのが、これだったんだ」

「そうなの。おばさんも乗るまでに何本も電車を見送ったわ」

そんな会話を交わしつつ、百合恵は祥平といっしょに車内へと押し入った。乗りこもうとする乗客に背中を押され、一気に車内中程まで圧《お》しこまれてしまう。

「うっ！ ちょっとこれは……すっごい混みようね」

「うん。朝の通学電車の比じゃないよ。でも、どうしておばさんがこんな時間に電車に？」

ゆっくりと電車が動き出すと、目と鼻の距離で密着しながら、祥平がそんな問いを発してきた。こうして正面から改めて向き合うと、百合恵のほうがまだ数センチ背が高いのがわかる。

「学生時代のお友だちに赤ちゃんが産まれてね、そのお祝いを贈るためにデパートへ行っていたのよ。まさか、その帰りにこんな満員電車に乗ることになるとは思ってもいなかったわ」

「それは、なんというか、すっごくおめでたいことなのに、百合恵おばさんにとっては災難だったね」

まだあどけなさを残した顔に笑みを浮かべる祥平を見ていると、順番待ちで何本も電車をやりすごさなければならなく辟易としていた心が解きほぐされ、こちらまで優しい気持ちになってくる。

(最悪のタイミングで買い物に出たと思ったけど、ここでこうして祥ちゃんに会えたのなら、けっして悪いことばかりじゃなかったわね)

百合恵の心に若干の余裕が生まれた直後、下腹部になにやら硬い異物感を覚え、ハッとした。

「ごめんなさい」

驚いた顔を少年に向けると、祥平がどこかバツが悪そうに目を泳がせながら、囁くように謝罪の言葉を口にしてきた。

(これは不可抗力よね。こんなに身体が密着し、身動き取れなくなってしまっているんですもの)

一気に車内の中程まで圧しやられてしまったため、百合恵の右手は祥平の左肩を摑むような位置にあり、左手は肩から提《さ》げていた小さな鞄の紐をグッと握っていた。そのため、淡いブルーのブラウスを突きあげる豊かすぎる双乳が少年の胸板に惜しげもなく押し潰されていたのだ。

「気にしないでいいのよ。こんなに混んでいるんですもの、仕方がないわ」

理解あるふうを装って頷いたものの、熟女自身、下腹部の異物に意識が持っていかれそうになっていた。

(まさか電車の中で祥ちゃんの硬いのを感じることになるなんて……。でも、このカチンコチンのモノは、私だけではなく、莉央さんの膣中にも……)

確証がないことを考えても仕方がない。そう思ってはいるものの、一度気になりだしてしまうと、どうにもそこから離れられなくなってくる。

(若い莉央さんのほうが私よりよかったのかしら? 母乳が出るアドバンテージは大きいわよね。祥ちゃん、オッパイ、好きみたいだし)

童貞を奪う前、双乳を晒し乳首を吸わせたことが思い出される。あのとき祥平は赤子がミルクを求める必死さで、熟女の乳頭を懸命に吸い立ててきたのだ。

(やだわ、思い出したら、胸が張ってきちゃいそう。確かに私、ミルクは出ないけど、

胸の大きさなら莉央さんよりも……。それにあそこだって、そこまで負けていないはずよ)

結衣を出産してまだ四、五カ月の莉央。一度大きく圧し拡げられた産道よりは、ペニスより太いモノを迎え入れたことのない百合恵の膣道のほうが、まだ締まりがいいのではないか、そんな思いもよぎってきてしまう。

(そうよ、胸にしてもあそこにしても、私の身体だけで充分、祥ちゃんを満足させてあげられるはずだわ)

知らず知らずのうちに、祥平に対する独占欲が頭をもたげてきていた。その思いが伝播《でんぱ》したように、電車の揺れに合わせて腰を微妙にくねらせた百合恵は、学生ズボンの下でいきり立つ物体に刺激を与えていった。

「くっ、あ、あの、お、おば、さん……」

肩をビクッとさせた祥平が不安そうな眼差しで百合恵を見つめてきた。その頼りない感じが、熟女の母性と保護欲をくすぐってくる。

「いいのよ、我慢しないで」

「い、いや、で、でも……」

周囲の乗客に聞かれては困る会話なだけに、お互いに小さな囁き声であった。

次の駅に到着したのか減速していた電車が完全に停止した。ドアの開閉を知らせる電子音が小さく聞こえてくる。それなりに降りる客がいたのだろう、身体の周囲にかかっていた圧力が抜けた。ホッと息をつけたのも束の間、再び押し潰されるような圧迫が加えられてくる。

「えっ⁉　ゆ、百合恵、おばさん！」

再び身体が密着した直後、祥平の両目が驚きで見開かれた。それもそのはず、一瞬周囲に隙間が生まれたタイミングで百合恵は右手を少年の肩から離し、下腹部へとおろしていたのだ。そのため、いま熟女の右手は学生ズボンを盛りあげる股間に被せられていた。

「うふっ、祥ちゃんのこれ、すっごく硬いわ」

「そんな、ダメだよ。こんなところで、なんて……」

再び動き出した電車の揺れに合わせ強張りを刺激してやると、祥平がおどおどとした態度で首を左右に振ってきた。

（あぁ、私、本当になにヤッてるのかしら。電車内でこんな大胆な……）

妖艶な見た目から勘違いされがちだが、百合恵はそこまで性に大胆でも奔放でもなかった。学生時代など痴漢に遭っても、恐怖で身体がすくみ、声をあげることなどできなかったタイプである。それがいま、中学生の男の子の勃起に積極的に手を這わせてしまっているのだ。

(こんなこと、もし見つかったら、捕まるのは私のほうなのに……)

電車内でいたいけな中学生の男の子に淫行を働いた三十路女。それを理解できてなお、行動を自重できなくなっていた。理由はわかっている。莉央への対抗心だ。

(祥ちゃんと莉央さんが本当にエッチしているかなんて、まだわからないのに私、負けたくないって思ってる。小さな頃から面倒を見てきた祥ちゃんを、息子をほかの女に盗られたくないって……。まさか私に、こんな強い独占欲があったなんて)

「ゆ、百合恵、おば、さン……」

切なそうな顔の祥平が、右手を半ば強引に胸元にねじこんできた。少年の胸板でひしゃげていた豊乳が、今度はその手によって押し潰され、揉みしだかれていく。

「うンッ」

その瞬間、百合恵の鼻から甘いうめきが漏れ、背筋がゾクリと震えた。同時に子宮がキュンッと疼き、肉洞内で熟襞が目を覚まそうとしてしまう。

(あぁん、この前も、月曜日にもエッチしたのに……。私の身体、こんなにも敏感に……。新婚当時、あの人と週に何度もしていたときだって、ここまで過敏な反応はしていなかったのに……）

女盛りを迎え、性に対する感度が若い頃以上にあがっている肉体。少年が与える些細な刺激が、このうえなく効いてくる。

「気持ちいい。百合恵おばさんのオッパイは、大きくて、柔らかくて、最高だよ」

おどおどと不安そうであった祥平の顔がとたんに蕩けたのがわかる。ウットリとした眼差しで百合恵を見つめ、電車の揺れに合わせ左の熟乳を捏ねあげてきた。

「あんッ、いいわ。祥ちゃんにオッパイ触られると、おばさんも気持ちよくなっちゃうわ」

乳肉を揉むたびにペニスがピクッ、ピクッと小さく跳ねあがっているのが右の手のひらを通してありありと伝わってくる。

「お、おばさん、僕、また百合恵おばさんと、さ、最後まで、あの……」

控えめに、それでいてしっかりと欲望を伝える意思を持った言葉に、熟妻の腰骨がぶるりと震えた。下腹部に感じる疼きが増し、蜜壺から押し出された淫らな蜜液がパンティの股布を濡らしてきたのがわかる。

（後戻りできなくなってる。祥ちゃんを、大切な息子を離したくない気持ちが強くなっちゃってる。こんなの、実の母親でも許されない感情なのに……）

子離れできない親の心境となっていることに戸惑いを覚えつつも、現在進行形で肉体を蝕《むしば》む淫欲には抗えなくなっていた。

「もう、祥ちゃんったら、いけない子ね。でも、おばさんも同じ思いよ。祥ちゃんのこれでまた……。だから、もう少し、お家に帰るまでは我慢して」

「うん、わかった。あぁ、大好きだよ、百合恵おばさん」

興奮に頬を赤らめつつ、陶然と呟く少年が左胸を揉みこんでくる。

「おばさんも祥ちゃんのこと、大好きよ。だから、あとちょっとだけ……。次の駅だから、我慢よ」

淫裂がさらに濡れてきているのを実感する百合恵は、顔を艶めかしながら、祥平に対してというより、自分自身に言い聞かせるように囁き返した。

5

事故の影響で大幅に遅れ、超がつくほどの満員電車からなんとか降車した祥平と百合恵は、無言のまま足早に自宅マンションへと戻った。

「おばさんの家でいい？」

エレベータに乗り「5」の階数ボタンを押し扉が締まると、百合恵が確認するように問いかけてきた。

「うん、もちろん」

「鞄とか着替え、どうする？　いったんお家に戻って、それから来る？」

「このままでもいいなら、いますぐおばさんと……」

現在、勃起は治まっているが、満員電車内でズボン越しのペニスを触られたときから、欲望はずっと逼迫《ひっぱく》した状態にあった。それだけに、自宅で着替える時間さえ惜しく感じられる。

「うふっ、わかったわ。じゃあ、そのままおばさんの家で、ねッ」

百合恵が艶やかな微笑みを浮かべた直後、ポンッと電子音が鳴り、エレベータが五階フロアへと到着した。そしてそのまま自宅である五〇六号室前を通過し、五〇七号室の西岡家へとあがりこんだ。

「あぁ、おばさん、百合恵おばさん……」

玄関扉が閉まった直後、祥平は百合恵をグッと抱きしめていった。グラマラスなボディの柔らかな感触に、淫茎が一気に臨戦態勢を取り戻す。そしてそのまま、目鼻立ちの整った相貌に少し驚きの表情を浮かべる熟女の唇を奪っていった。

「ンぅん、祥、ちゃん……。ここ、まだ玄関よ。お部屋で、すぐそこ、おばさんの寝室だから、そこで……」

「わかってる。でも、僕……」

両手を熟妻の腰におろし、グイッと腰を突き出していった。

「あんっ、すっごい。もうそんなに硬く、なっちゃってるのね」

学生ズボン下でいきり立つペニスを感じ取ったらしい百合恵の顔が、悩ましく上気した。軽く腰を左右に振るようにして、強張りに刺激を送ってくる。

「あぁ、ダメ、おばさん、僕、それだけで、もう……」

我慢に我慢を重ねてきただけに、たったそれだけの刺激で射精感が一気に迫りあがってきたのがわかる。思わず両手をさらにおろし、オフホワイトのタイトスカートをパンッと張らせる双臀をムンズと鷲摑みしていく。乳房とはまた別の柔らかでボリュームある感触がはっきりと伝わってくる。

「あんッ、そんな悪戯しちゃダメよ。それに、こんなに硬いのを押しつけられたら、おばさんも我慢できなくなっちゃう。でも、靴だけは脱ぎましょう」

艶然と微笑む熟女に頷き返し、祥平はいったん抱擁を解いた。二人で慌ただしく靴を脱ぎ廊下へとあがると、鞄を床に置き、改めて百合恵と向かい合う。

「お、おばさん……」

「上は自分で脱いでね」

そう言うと百合恵がすっと足もとにしゃがみこんできた。そしてそのまま両手を腰のベルトにのばすとそれを緩め、さらに学生ズボンのボタンを外してくる。

「ゆ、百合恵、おばさん……」

上ずった声をあげ、祥平は半袖のワイシャツをその場に脱ぎ捨てた。直後、学生ズボンと下着がいっぺんに足首までズリさげられてくる。ぶんっと唸るようにペニスが飛び出し、下腹部に張りつかんばかりの急角度でそそり立つ。張りつめた亀頭はすでに先走りで濡れてテカリ、青臭い性臭とアンモニア臭が混ざり合った芳香を立ち昇らせていた。

「すごいわ、こんなに大きく……本当に我慢できないのね」

悩ましくかすれた声をあげた熟女が腰を小さく震わせると、右手を肉竿の中央付近にのばし、やんわりと握りこんできた。ピキンッと鋭い愉悦が脳天に突き抜けていく。

「うわッ、お、おばさん、ごめん、僕、す、すぐにでも出ちゃいそうだよ」

「いいのよ、出して。一度楽になってから、おばさんのことを思いきり感じさせて」

艶やかな微笑みでそう言うと、熟妻の唇が一気に強張りに接近してきた。

「えっ？　まさか、おばさ、ンッ！　あふッ、あぅ、あっ、あぁぁぁぁ……」

百合恵の意図を察したときには、熟女の肉厚の朱唇に強張りが包みこまれていた。

（嘘だろう！　まだ、シャワーも浴びてないのに……それなのに、汚い僕のを、綺麗なおばさんが口で……）

驚きに両目を見開く祥平を、百合恵が上目遣いに見つめてきていた。その表情だけで、背筋がゾクリとしてしまう。さらには、熟女が顔を前後させるたびに、ヂュポッ、ヂュポッという音を立て、肉竿が柔らかな唇粘膜でこすられていく。敏感な亀頭を生温かな舌の粘膜でこすられると、それだけで眼窩に愉悦の瞬きが襲う。

「ンおぉぉ……お、おば、さん……」

ピク、ピクッと腰が小刻みに突きあがり、陰嚢内でとぐろを巻く欲望のエキスが、発射の瞬間を待ち侘びるように迫りあがってくる。

（出る！　出ちゃう……。でも、僕も、百合恵おばさんの身体を触りたい）

電車内で触れた、とてつもなく大きく柔らかな乳房の感触。あれを再び味わわんと祥平は少し前傾姿勢になると、両手を逆手《さかて》にしてブラウスを誇らしげに突きあげる熟妻の双乳へと被せていった。

モニュッ。ブラウスとブラジャー、二枚の生地が介在しているとは思えない柔らかさが手のひらいっぱいに伝わってくる。

（すごい！　やっぱり百合恵おばさんのオッパイ、最高に気持ちいい。莉央さんのオッパイも充分大きいし、甘いミルクを飲ませてもらえるのが最高だけど、僕はこのたまらない柔らかさのおばさんの蕩けるオッパイが……）

「はぁ、柔らかい。百合恵おばさんのオッパイ、やっぱり、最高だよ」

「ンむっ、うぅン……ヂュッ、ヂュポッ、グチュッ……」

祥平の口から愉悦が漏れるのと同時に、熟妻の肩がピクッと震え、切なそうに潤んだ瞳が再びこちらに向けられた。その悩ましさが男子中学生の性感をさらに煽り立ててきた。

それればかりか、射精を助長するように百合恵の首振りが速度をあげてきた。柔らかな唇粘膜でこすりあげられる肉竿はもちろん、ヌメッとした舌先で嬲られる亀頭からの快感で、衝動が一気にこみあげてくる。

「あぁ、おばさん、出る。僕、もうほんとに、あっ、あぁぁ、出ッりゅぅぅぅッ！」

逆手の状態で豊乳をグニュッと鷲掴んだ直後、亀頭が弾け、大量の白濁液が百合恵の喉の奥めがけて迸った。

「ンぐぅ！　うむっ、うぅぅ……コクッ……うンッ、コクン……」

「あぁ、おばさん、ごめん。僕、くっ、我慢、できなくて……はぁ……」

苦しげなうめきをあげつつ精液を嚥下してくれる熟女を恍惚の表情で見つめながら、祥平の強張りからはさらなる欲望のエキスが噴きあがっていった。

「ンぱぁ、はぁ、あぁ、いっぱい、出たわね」

口腔内に放たれた白濁液をすべて喉の奥に流しこんだ百合恵は、鼻腔を突き抜け、快楽中枢を揺らす濃厚な香りに頭をクラクラさせられながら、蕩けた表情を晒す少年を見あげていった。

「ごめん、おばさん、僕だけ、先に……」

「うふっ、そんなこと気にしなくていいのよ。それに、祥ちゃんだってまだ満足できていないんでしょう？」

ネットリとした視線を祥平の股間に向けていく。するとそこには、唾液と精液で卑猥に濡れ光り、ツンッと鼻の奥を衝く性臭を撒き散らすペニスが、いまだ天を衝く偉容を晒していた。

（ほんとにすごいわ、あんなにたくさん出した直後なのに……。あぁ、ダメ、祥ちゃんの立派なオチ×チンを見ていると、私のあそこのウズウズがさらに……）

百合恵自身も祥平に負けないほど淫欲は高まっていたのだ。少年の欲望を口唇愛撫で鎮めてやったことで子宮の疼きが増し、薄布の股布はお漏らしでもしたのではないかと思えるほど、濡れて重たくなっていた。それだけに、雄々しく屹立する少年の強張りにはたくましさを感じてしまう。

「うん、まだ足りないよ。やっぱり、百合恵おばさんの気持ちいいあそこでこすってもらえないと、僕……。だから、すぐにでも、おばさんと……」

「それはおばさんも同じよ。うぅん、電車の中からずっとあそこがウズウズしているおばさんのほうが、祥ちゃんよりもエッチしたい気持ちが強いかもしれないわね」

「あぁ、百合恵おばさん……」

ウットリとした声で見つめてくる少年にクスッと微笑み、百合恵は立ちあがると、タイトスカートとブラウスを脱ぎ捨てていった。豊乳を守るライトグリーンのフルカップブラと、同色のパンティがあらわとなる。

(あぁ、私、玄関入ったところで、服、脱いじゃってる。すぐ横のドアを開ければ寝室なのに、祥ちゃんじゃないけど、そこまでも待てなくなってるんだわ)

性感の昂りの激しさに総身を震わせつつ、百合恵は両手を背中にまわしブラジャーのホックを外した。砲弾状の熟乳がぶるんっとたわみながらその姿をあらわす。

「やっぱり百合恵おばさんのオッパイ、すっ、すっごい！」

足首に絡まる学生ズボンと下着を抜き取った少年が、陶然とした眼差しを双乳に注いでくる。その熱い視線に、熟女の腰がぶるっと震え、新た淫蜜がクロッチに滴っていく。

「すぐよ。このオッパイにも、すぐ触らせてあげるわ」

悩ましくかすれた声で囁くと、百合恵は最後の一枚に指を引っかけた。そのまま双臀を左右に振りつつ薄布を脱ぎおろしていく。クロッチが淫裂と離れた瞬間、ンチュッという蜜音が起こり、空気がすっと秘唇を撫でただけで、背筋がゾクゾクッとしてしまった。それでもパンティを足首から抜き取り、完全な全裸を晒していく。

「あぁ、おばさん！」

その瞬間、祥平が再び百合恵を抱きしめてきた。今回はナマ肌同士が密着し、熱いペニスが下腹部を焼くようだ。

「あんッ、祥ちゃんの熱くて硬いのがお腹に……。ねえ、このまま挿れて」

「こ、このままって、あの、立ったまま？」

「そうよ。祥ちゃんが右手でおばさんの太腿を抱《かか》えてくれれば、そのあとはおばさんが祥ちゃんのを……」

（あぁ、私、なんて大胆な……。こんな体位、旦那とだってしたことないのに……）

自身の言動の卑猥さにゾクリと背筋を震わせつつ、百合恵は寝室の扉の横の壁に背中を預けていった。

「す、すごい。いまのおばさん、いままでで一番、エッチだよ」

「エッチなおばさんは嫌い？」

「ううん、大好き！」

生唾を飲んだ少年はいったん抱擁を解くと、右手を百合恵の左の裏腿に這わせ、そのままグイッと足を持ちあげるようにしてきた。右足一本でバランスを取りつつ、祥平の右肩に左手を乗せた熟女は、右手で漲る肉槍を握ると、そのまましとどに濡れた淫裂へと導いていった。亀頭先端が淫裂に触れた瞬間、背筋がゾワッとする。

（あぁん、本当に私、こんな格好で祥ちゃんと……）

玄関をあがったところで中学生の少年と性交に及ぼうとしている己《おのれ》の姿に、かすかに残っていた理性が羞恥を思い出させる。だが、高まるオンナの本能には抗えず、張りつめた亀頭がたっぷりと潤ったスリットを撫でつけるたびに、熟女の腰が切なそうにくねっていった。

「あぁ、お、おばさん、ぼ、僕、また……」

「もうちょっと、もう少しだけ、我慢して」

祥平同様、もどかしさを感じながら、百合恵は膣口を探っていった。やがて、ヂュッとくぐもった音を立て、亀頭先端が蜜壺を捉えた。

「あぁん、いいわよ、祥ちゃん、そのまま、キテ」

「うん、イクよ、おばさん」

上気した顔で見つめ合い、頷き合った直後、祥平がグイッと腰を突き出してきた。ンジュッと湿った淫音を奏でつつ、いきり立つ強張りが肉洞に入りこんでくる。

「ンはっ！　あぁん、キテル。祥ちゃんの硬いのが、また、私の膣中に……」

強張りが膣道を圧し開くように侵入にしてくると、それだけで百合恵の脳天に鋭い快感が突き抜けていった。ずっとお預け状態だっただけに、絶頂感が一気に押し寄せてきそうな気配がある。

「ンほぅ、あぁ、やっぱり百合恵おばさんの膣中、キツキツ、ウネウネですっごい」

「祥ちゃんのも、ほんと、たくましくって素敵よ。いいのよ、動いて。おばさんの膣中、好きに突いて」

両手を祥平の首に巻きつけ、正面からその顔を見つめながら、百合恵は腰を小さく揺り動かしていった。

「くほぅ、あぁ、そ、そんな、僕、ほんとに出ちゃうよ」

「我慢しないで、出していいのよ。その代わり、おばさんのここも、いっぱいズンズンして」

「あぁ、おばさん、百合恵、おば、さン……」

快感に顔をゆがめた少年が、歯をグッと食い縛り、ゆっくりと腰を前後させてきた。グヂュッ、ズチュッと卑猥な摩擦音がすぐさま鼓膜を震わせてくる。同時に、熱い肉槍が膣内を往復し、絡みつこうとする柔襞をこすりあげてきた。

「はンッ、いいわ。そうよ、その調子で、もっと、頑張って」

(あぁん、すっごい。祥ちゃんの、月曜日よりさらに成長しているみたい。こんなエッチするたびにたくましくなっていくオチ×チン知っちゃったら、ほんとに離れられなくなっちゃう)

童貞を奪ったときには、まだ包皮も剥けきれていなかった淫茎。それがいまや存在を主張しようとカリ首が張り出しはじめ、複雑に入り組んだ熟女の柔襞を確実にこそげあげ、絶頂へと押しあげてくれている。

「はぁ、おばさん、百合恵おばさん、気持ちいいよ。おばさんの膣中、ンぐぅう、すっごく、気持ちいい……」

（あぁ、ほんとにすごい。百合恵おばさんのここ、莉央さんよりもキツキツでエッチなヒダヒダも奔放に絡みついてきてるよぅ）

迫りあがる射精感と懸命に戦いながら、祥平の頭は自然と熟妻の肉洞と若妻のそれを比較してしまっていた。百合恵のほうが莉央よりも年上にもかかわらず、蜜壷の中は正反対な印象を覚えてしまう。

「あんッ、はぅン、あぁ、素敵よ、祥ちゃん。本当に、こんな上手に……」

「なって、僕ので、気持ちよく、あぁ、ダメ、そんな思いきりキュンキュンされたら、また僕のほうが……」

突きあがる愉悦に耐えながら、ぎこちなく腰を前後させていく。右手いっぱいに感じる百合恵の裏腿のムッチリ感は、慣れぬ体位の疲労を忘れさせてくれるほどに心地よかった。

「いいのよ、出して。我慢しないで、また、おばさんの膣奥に、出していいのよ」

「あぁ、おばさん！　百合恵おばさん……」

（僕は一度、出してもらってるんだから、今度はちゃんとおばさんのことを……）

締まりの強い肉洞に加え、細かな膣襞でペニスが縦横から刺激を受ける状況下、祥平はなんとしても百合恵にも快感を与えたかった。

ズチュッ、グチュッ……締まりの強い肉洞で強張りがしごかれるたびに、視界がホワイトアウトしそうになる。それでも祥平は腰を振りつづけた。さらに、唯一自由になる左手を憧れの豊乳に被せると、手のひらから余裕でこぼれ落ちる柔らかな乳肉を揉みあげていった。

「くっ、はぁ、いい……。百合恵おばさんのオッパイ、こんなに大きくって柔らかいのに、弾力もあって、ほんとに、くぅぅ、なんでこんなに気持ちいいの」

「うぅン、いいわ。揉んで、祥ちゃんにオッパイ揉まれるとおばさん、さらにエッチな気分になっちゃう」

「おぉぉ、締まる！　オッパイ揉むと、ぐっ、おばさんの膣中がさらに……。そんな思いきりギュッてされたら、僕、本当に……」

乳房を捏ねあげるたびに、熟女の肉洞は悦びをあらわにするようにキュン、キュンッとその締めつけを強めてきていた。さらには、律動を繰り返すたびに細かな膣襞で硬直がしごかれ、張りつめた亀頭が嬲りあげられていく。

（もう、本当にダメだ。もっと、もっとおばさんにも感じてもらいたいのに……）

「はぁン、祥ちゃん、いいわ、キテ。祥ちゃんの熱いの全部、おばさんの膣奥に……」


「おぉぉ、出すよ、おばさん！　僕、百合恵おばさんの膣中に、また……」

はっきりと宣言をした祥平は、欲望の趣《おもむ》くままに腰を振り立て射精へと突き進んだ。粘つく摩擦音がその間隔を一気に縮め、睾丸がクンッと持ちあがってくる。

「あぁ、おばさん、百合恵、おば、さンッ！」

その瞬間、腰に激しい痙攣が襲い、頭が真っ白になった。

ドビュッ、ズピュッ……膨張した亀頭が弾け、開いた鈴口から勢いよく白濁液が迸り出ていく。

「あんッ、キテル！　わかるわ。祥ちゃんの熱いのが、おばさんの膣奥で、暴れまわってるぅン……」

淫靡に潤んだ熟妻の瞳が悩ましく細められ、柳眉には悶え皺が刻まれていた。

「出る、僕、まだ……くぅぅ、おばさんのウネウネで、搾り取られてイクぅ……」

（クソッ！　おばさんのこともイカせたかったのに、僕だけ先に……）

右手に抱える百合恵の左裏腿をグッと抱き寄せ、左手でたわわな熟乳を鷲摑みにしつつ、卑猥な熟女の膣襞でペニスを翻弄されつづける祥平の脳裏には、忸怩《じくじ》たる思いがよぎっていった。

「あぁん、まだ出るのね。素敵よ。おばさんのお腹、祥ちゃんの熱いのでいっぱいにされちゃってるわ」

「ごめんね、百合恵おばさん。また僕だけ先に……。もっと、本当はおばさんのことを気持ちよくしたかったのに」

「もう、なんて顔をしてるの。おばさんは充分、気持ちよくなれたわよ。それに、祥ちゃんのこれ、まだ元気みたいよ」

凄艶の微笑みとともに、熟妻が悩ましく腰をくねらせてきた。すると、肉洞内に埋まる強張りに膣襞が再び絡みつき、妖しくこすりあげてくる。刹那、半勃ち状態のペニスが一気に活力を取り戻した。

「くっ、あぁ、お、おば、さん……。今度こそ絶対、おばさんのことを先に……」

いつも以上に淫猥な顔を見せてくる百合恵に気圧《けお》されるものを感じつつ、祥平は再び腰を振りはじめるのであった。

第五章　人妻ハーレム温泉

1

「あぁ、そうだ。来週の温泉だけど、その前日、金曜日から出張が入っちゃって、行けなくなっちゃったよ」

玄関前の廊下で熟女の子宮に二度、大量の精液を送りこんだ日の夜。祥平は西岡家のダイニングで百合恵夫妻と食事をともにしていた。祥平は百合恵の隣の椅子に座り、熟妻の正面にはその夫が席に着いている。

というのも、この日も父が仕事で遅くなると知った百合恵が、だったら夕食はウチで摂《と》っていきなさい、と誘ってくれたのだ。そのため一回自宅に戻り、さっとシャワーを浴びて着替えてから、再び隣家を訪問したのである。

「あら、残念。せっかく祥ちゃんがプレゼントしてくれた温泉旅行だったのに」

「えっ？　あっ、あぁ、あれですか」

旦那に返答しつつこちらに視線を向けてきた百合恵の言葉で、祥平はなんの話かを理解できた。家電量販店の福引きで当たった特等の温泉ホテルのペア宿泊券。口頃からお世話になっている西岡夫妻に贈っていたのだが、どうやらそれがダメになってしまったらしい。

「そうなんだよ、俺が日程を決めたんだが、タイミング悪く出張だ。せっかく祥平くんがくれたのになぁ」

百合恵の旦那も残念そうな顔をこちらに向けてきた。

「仕方ないですよ、お仕事じゃ」

(ほんの数時間前におばさんとエッチしちゃってるから、おじさんの顔、まともに見られないよ)

百合恵ばかりでなく、その夫も、幼少時から祥平のことを可愛がってくれているだけに、裏切ってしまっている罪悪感を強く感じる。特にこの日は、数時間前に熟妻とセックスをしてしまっているだけになおさらだ。

「まあ、そうなんだけどな。で、そこで祥平くんに相談だ」

「えっ？　僕？」

「そう。なにせあれ景品だろう。一度予約しちゃうとキャンセルが効かないみたいでさ。無駄にしちゃうのももったいないし、もし予定ないなら、おじさんの代わりに行くか？」

「えっ⁉　ぼ、僕が、おじさんの代わりに、百合恵おばさんと温泉に？」

思わぬ提案に、顔が少し引き攣るのを感じた。心臓が早鐘を鳴らし、息が乱れそうになるのを懸命に抑え、平静を装う。

（それは……。おばさんとの旅行はすっごく嬉しいけど、さすがに……。おじさんは僕とおばさんの関係、なにも知らないからなあ……）

誰はばかることなく百合恵と一夜をすごせたら、それはとてつもなく素晴らしい夜になるだろう。だが、状況が状況なだけに、手放しで喜び受諾することもできない。

「あら、いいじゃないの。おばさんとの旅行じゃつまらないかもしれないけど、いっしょに行きましょう」

困惑している祥平を横目に、百合恵自身は諸手《もろて》を挙げて賛成の声をあげた。こちらに顔を向け、にっこりと微笑む熟女の瞳にどこか艶めいたものを感じ、背筋がゾクゾクッとする。

「いや、でも……誰かお友だち、誘うとか。確か、格安料金で二名まで増員可能みたいなこと、小さな字で書かれてませんでしたっけ？」

（おばさん、どういうつもりなんだ？　二人で旅行に行ったら、その夜どうなるかなんて、おばさんが一番わかってるだろうに）

　夫の前でもまったくふだんと変わらぬ態度で接してくる百合恵。大人の余裕と言えばそれまでなのだろうが、中学生の祥平には気が気でなかった。

「ああ、書かれてたわね。無料のペア宿泊券を夫婦が利用して、子供二人は割引料金で、みたいな家族旅行でも想定してるんでしょうね。部屋は一部屋みたいだから」

「だったら」

「あら、祥ちゃんはおばさんとの旅行、イヤ？」

「いや、そんなこと、ぜんぜんないけど。温泉は僕も行きたいし」

　蠱惑の微笑みで尋ねられると、祥平としても正直に答えざるをえない。

「なら、せっかくなんだし、行きましょう。それに、来週の土曜日は祥ちゃんの誕生日じゃない。温泉に入って、豪華なお食事をいただいて、お祝いしましょう」

「わかった。おじさんとおばさんがそれでいいんなら、僕は……。ただ、いちおう父さんに話してOKなら、ってことで」

（もうどうなったって知らないからな。こうなったら、本当に一晩中、百合恵おばさんと……）

半ば自棄《やけ》になった気持ちで、祥平は頷いたのだった。

2

「えっ！　り、莉央、さん？」

土曜日の午後四時前。宿泊予定のホテルに入り、チェックインのためフロントへと向かっていると、ロビーに置かれていたソファから一人の女性が立ちあがった。その姿を認めた瞬間、祥平の口から驚きの声がこぼれ落ち、ハッとしたように百合恵に視線を向けてきた。

「あら、言ってなかったかしら。例の格安料金が使える特例で莉央さんを誘っていたのよ」

故意に隠していた事柄であったが、百合恵はいかにもうっかりミスだったかのように返していく。

「あっ、えっ!? でも、莉央さん、確かご主人の実家に結衣ちゃんを連れていっていたんじゃ……」

「そうよ、木曜日から旦那の実家に行っていたわよ。まあ、旦那は仕事があったから昨日の夜合流だったけど」

「それは大変だったわね。旦那さんがいっしょならともかく、義理のご両親だけじゃ、いろいろと気を遣うでしょう」

莉央の返答に、百合恵は同情を禁じ得ないといった表情を浮かべた。

「そうですね。向こうの両親にもよくしてもらっているので、ストレスとまではいかなくても、ねぇ」

「わかるわ。私も西岡の両親とは良好の関係だけど、どうしても気が休まらない部分が出てきちゃうものね」

「ただ、こうやって旅行に来ることを許してくれるので、やはりそこは感謝です」

嫁同士のシンパシーを感じつつの会話に、中学生の祥平はいまだ状況を呑みこめていない顔でお愛想笑いを浮かべていた。

「私はチェックインをしてきちゃうから、ちょっと待っていて」

百合恵は莉央とアイコンタクトを交わすと、フロントのカウンターへと向かった。

「あの、莉央さん、それで、結衣ちゃんと旦那さんは？」

「えっ、あぁ、まだ藤村の実家よ。私だけ、参加させてもらうことになったの」

「そうだったんですね。でも、ほんと、ビックリしました。まさか、莉央さんがいるなんて」

百合恵がチェックインの手続きをしている間、莉央と祥平はロビーのソファに座って会話をしていた。

「百合恵さんと二人きりがよかった？」

「そ、そんなことは、ないです」

からかうように尋ねると、祥平は慌てて首を左右に振ってきた。

(この感じだと、祥平くんは本当に私が来ること聞かされてなかったんでしょうね。なら当然、私たちが関係に気づいていることも知らずに……。それにしても、百合恵さんもけっこう大胆よね)

少年の素直な態度に、莉央はある種の確信を持った。それと同時に、今回のことを仕組んだ熟妻の大胆さにも驚きを覚えるのであった。

(私が祥平くんと百合恵さんの関係を疑っていることに気づいているかはともかく、

百合恵さんが私と祥平くんの関係を確信を持っているのはほぼ間違いない。その私を誘うというのが、その……）

莉央と祥平が関係を持っていることを前提にしており、その上で自身と少年の関係もすべてをオープンにする覚悟が秘められているように感じられたのだ。

百合恵が莉央の家を訪ねてきたのは先週の土曜日。その日中であった。旦那も在宅しているなかで、今回の旅行を誘われたのである。当初はもちろん断った。夫の実家へ行く予定になっていたこともあるが、なにより母として乳児の娘と離れるわけにはいかないという思いが強かったからだ。

しかし、その話を聞いていた夫が「一晩くらいなら俺と両親で結衣の面倒を見るから、骨休めで行ってくれば」と言ってくれたのである。そのあとすぐ、旦那は実家に電話をし、了解を取りつけてくれたのだ。

（百合恵さんはこのあたりのことも計算に入れたうえで、旦那がいる時間を狙ってきた可能性もあるわね。私のためにそこまではしてくれないだろから、当然、百合恵さんが一番に考えているのは……）

旅行当日に誕生日を迎える祥平のことだろう。当たり前ながら熟女はなにも言わないし、莉央自身から口にする内容ではないため黙っていたが、隣家の少年がいっしょということは、すなわち夜の逢瀬が予感できてしまう。それだけに、夫に対してはやはり罪悪感を覚えてしまった。しかし一方で、旦那が与えてくれなくなった快感をくれる祥平との一夜に、オンナを疼かせてしまったのも事実である。

「あの、結衣ちゃんのご飯って、大丈夫なんですか？」

祥平が赤いポロシャツを盛りあげる膨らみにチラリと視線を送り、尋ねてきた。その瞬間、少年の喉が小さく音を立てたのがわかる。

「ええ、母乳パックっていう保存するためのものがあるのよ。一回分の必要量を入れておける保存袋なんだけど、以前、映画を観にいったときも使ったんだけどね、それを多めに作って主人に預けてきているから、そこは大丈夫よ」

「そうですか、それはよかった」

心底ホッとした顔を見せた祥平に、莉央は優しい微笑みを浮かべた。少年が結衣のことを本当に心配してくれたことが伝わってきたのだ。

「だから、いま溜まっている母乳はもちろん、明日、家に帰るまでに溜まるものは全部、祥平くんの自由にしていいものよ」

「あっ、いや、そ、それは……」

すっと身体を寄せ、左手で祥平の太腿をジーンズ越しに撫でつけながら囁くと、少し戸惑った表情を浮かべ、チラリとフロントカウンターにいる熟女に視線を送った。

やはり少年は、二人の人妻が互いの関係に気づいていることを、まったく気づいていない様子だ。

(百合恵さんと私の身体が、祥平くんの誕生日プレゼントってことね。やっぱり百合恵さん、大胆だわ。私、三人でいっしょになんて経験、ないもの)

今夜繰り広げられるであろう、性の饗応のことを考えると、ゾクッと背筋が震え、同時に下腹部にズンッと疼きが走った。

「あっ、おばさん、手招きしてますよ」

「えっ？　あぁ、そうね。じゃあ、いきましょうか」

祥平の声にハッとすると、グラマラスな肢体を白ワンピースに包んだ熟女が、ホテルの従業員を従えた状態で、手招きをしていた。莉央は祥平とともにソファから立ちあがり、そちらに歩み寄っていく。

3

「うわぁ、すっごい、いい部屋ですね」

案内された部屋は五階建てホテルの四階にある、次の間つきの豪華な和室。

部屋に入って靴を脱ぐとすぐにL字型をした短い廊下があり、右に進むとトイレの扉が、正面には引き戸があった。引き戸を開けた先は六畳の次の間であり、正面には別の引き戸が、そして右手には襖《ふすま》がある。正面の引き戸の先にはどうやら窓に面した風呂があるらしく、右の襖を開けた先がメインの部屋。二十畳近くある広さで、左手には大きな窓が、そして次の間から入って右手の一部は一段高くなったフローリングになっていた。そして、そのフローリング部分にセミダブルのベッドが二つ置かれている。

「景色もすごいなあ」

窓から広がる雄大な景色に、祥平は感嘆の言葉を発した。

青い空、美しい山並みの目にも鮮やかな緑、さらにはほぼ正面に見えている大きな湖の輝き。その水面を遊覧船がゆっくりと進み、航跡が白い線を残していく。

「あら、ほんと、綺麗ね」

「これ、夕日もすっごく綺麗なんじゃないですか」

「そうね、暮れゆく山並みと、橙《だいだい》色に光り輝く水面《みなも》は美しいでしょうね」

「結衣のこともあったので、最初はどうしようかと思ったんですけど、誘っていただいて感謝です」

「ご主人や向こうのご両親にすればいいことで、私への感謝なんて必要ないわよ。でも、そうね、今回の一番の功労者は祥ちゃんかしらね」

「えっ？　僕？」

祥平の隣で同じように窓の外を眺めていた二人の人妻。百合恵の口から出た思いがけない言葉に、訝しげな表情を浮かべた。

「そうよ。だって、この旅行、祥ちゃんが福引きで当てなかったら実現していないじゃないの」

「いや、そうかもしれないけど、僕がここにいるのは、おじさんが出張で来られなくなったからで」

「じゃあ、私は祥平くんと、百合恵さんの旦那さんの会社に感謝で」

「なら、そういうことにしておきましょう」

熟妻の言葉への反論に若妻が返し、それを百合恵が受けたことでとりあえずの落着をみた。しかし、その直後に熟女の口から発せられた言葉に、祥平はあんぐりと口を開けてしまった。

「そろそろ準備して貸し切り風呂へ行きましょうか」

「何時から予約しているんですか？」

「四時半から一時間よ。いま四時二十分だからちょうどいいでしょう」

「そうですね」

窓から離れた二人の人妻は、部屋の隅に置かれていた浴衣や丹前、それにタオル類を手に取った。

「私と莉央さんは次の間で着替えちゃうから、祥ちゃんはここで、浴衣を着ちゃいなさいね」

「あっ、いや、ぼ、僕は、いいよ。部屋のお風呂で……。部屋のお風呂ちょうどこの隣だし、窓からの景色、すごいと思うんだよね。だから、貸し切り風呂は二人で楽しんできてよ」

窓を背にする体勢となった祥平は、そう言って首を左右に振った。

(百合恵おばさんや莉央さんと二人きりなら、そりゃあ、僕だって喜んで行くけど、二人いっしょというのは、さすがにまずいよ。というか、百合恵おばさんはどうして莉央さんを……。これって僕とはもうエッチしないっていう意思表示なのかな)

祥平とて、今後ずっと二人の人妻と関係を継続できるなどと都合のいいことは思っていない。だが、まだしばらくは甘えさせてもらえるのではないか、そんなふうに考えていただけに、ホテルのロビーで莉央の姿を見つけた際、目の錯覚なのではないかと思ったほどである。しかし、それは紛れもなく隣家の若妻本人であり、百合恵が誘ったということが判明すると、熟女の思惑がまったくわからず困惑ばかりが広がっていたのだ。

「あら、いいじゃない、いっしょに入れば。覚えてないかもしれないけど、おばさんは小さい頃の祥ちゃんを、何度もお風呂に入れてあげたことがあったのよ」

「いや、百合恵おばさんといっしょにお風呂に入った記憶はあるけど……。り、莉央さんだって、やっぱり困ると思うんだよ」

(ほんとにどういうつもりなんだ？　いっしょにお風呂に入ったら、勃起しちゃうのわかってるはずなのに……)

蠱惑《こわく》の微笑みを浮かべる百合恵に、祥平は顔を引き攣らせ、助けを求めるように莉央に視線を向けた。

「ああ、そうね、莉央さんの気持ちも重要よね。あなたはどう思う？」

「そうですね……。混浴だと思えば、別に珍しいことではないんじゃないですかね。祥平くんは中学生ですから、少し恥ずかしいと思うかもしれないですけど、私は気にしませんよ」

（そ、そんな……。莉央さんまで……）

「中学生男子との混浴は抵抗がある」そう言ってくれるのではないかと期待したのだが、悪戯っぽい目を向けてきた若妻までもが肯定的な意見を口にしたことで、完全に逃げ道を塞がれた気持ちになった。

「ですって。よかったわね、祥ちゃん。じゃあ、準備していきましょう」

「う、うん」

（こうなったら、二人の裸をなるべく見ないようにして、勃起しないよう祈るしかないよな）

百合恵から再び促《うなが》された祥平は、観念したように浴衣に着替えるとタオルを手に、二人の人妻とともにホテル最上階へと向かった。

4

ホテルの五階には貸し切り風呂のほかに、男女それぞれに別れた展望浴室があった。右端に男風呂、左端に女風呂、そして中央に貸し切り風呂の並びである。

貸し切り風呂へ入るには、引き戸の引き手の上についたカードスロットに部屋のカードキーを挿入。すると、予約時間と部屋番号が自動照合され、一致すればロックが解除される仕組みとなっていた。

解錠された引き戸の先には靴脱ぎ場があり、その先は衝立《ついたて》で目隠しがされている。その衝立を回りこむようにしていくと、竹材のフローリングに格天井の脱衣スペースとなっていた。そして、ガラス張りの引き戸の向こうには、温かそうな湯気をたちのぼらせる温泉風呂が見えた。浴槽は埋めこまれているのだろう、湯面が床と同じ高さにきている。

「あら、ここも素敵じゃない」

「そうですね。シンプルなんだけど、それがすごく落ち着いた雰囲気を作り出していて、リラックスできる、って感じがします。それにすごいですね、洗い場のところに敷かれているの、畳ですよ」

「あら、ほんと。以前テレビで見たことがあるわ、濡れてもすべりにくいお風呂用の畳。通常のタイルなんかより足腰の負担も軽くなるみたいよ。早く入りましょう」

「はーい」

百合恵と莉央が笑顔で会話を交わしつつ、惜しげもなく浴衣を脱いでいく。祥平は慌てて視線をそらせると、そちらに背を向けた。

「うわぁ、百合恵さん、すっごいスタイルしてますね。なんですか、そのエッチな身体は」

「あら、莉央さんだって充分エッチな身体だと思うわよ。全体的に細見なくせに、オッパイだけはそんなパッツンパッツンと張らせちゃって、ほんといやらしいわ」

(や、やめてよ、二人とも。二人の裸、思い出すだけで、勃ってきちゃうよ)

二人に背を向け浴衣を脱いでいた祥平は、聞こえてきた声に淫茎がピクピクッと震え、鎌首をもたげそうになっていた。

「私と莉央さんは先に浴室に行くから、祥ちゃんもすぐにいらっしゃいよ」

「う、うん、わかった」

百合恵の言葉に背中を向けたまま頷《うなず》く。やがて引き戸が開けられる音が聞こえ、少しムワッとした熱気が背中に感じられる。トンッという音とともに戸が閉められると、その熱気も消えてなくなった。

(落ち着け。二人の顔は見ても、身体は見ないようにしろよ。身体を見たらどうなるか、わかりきってるんだからな。ふぅ、よし、行くぞ!)

目をつむると、小さく一つ息を整え、祥平は紺色のボクサーフリーフを脱ぎおろした。ペニスは若干、通常時よりは大きくなっているものの、勃起しているとまでは言覚悟を決めた祥平は二人の人妻が待つ浴室へと足を踏み入れた。部屋から持ってきた手拭《ぬぐ》いで股間を隠しつつ、えない程度に、亀頭は下を向いている。

熱気と湿気の籠もった浴室は、入った瞬間、うっすら額に汗が浮かんできそうであった。脱衣所から入ってすぐのところに畳敷きの洗い場があり、百合恵と莉央がこちらに背中を見せる格好で浸かる湯船はその向こうにあった。

「あら、ようやくのご登場ね。手拭いはお湯に入れちゃダメよ」

「う、うん、わかってる」

顔だけこちらに向けてきた熟妻に頷き、祥平は湯桶で身体にお湯をかけると、手拭いを檜の浴槽の縁に置き、一段低くなった湯船へと身体を沈めていった。

「ふぅ……」

透明で柔らかな湯に身体が包まれた瞬間、心地よさに自然と息をついていた。

「ほら、そんな端っこにいないで、こっちにいらっしゃい。真ん中に入れてあげるから。それとも、祥ちゃんはおばさんや莉央さんの、裸の後ろ姿を眺めていたいのかしら？」

「そ、そんなことは、ないよ。うん。あ、あの、僕、み、見て、ないから」

からかうような百合恵の言葉にどもりながら答えた祥平は、おずおずと湯の中を進み、二人の人妻の間に身体を入れた。

（そうだよな、このほうが、前を見ていられるから、いいな）

窓から景色を見ている振りをすれば、熟妻と若妻に視線を向ける必要はない。そのことに安堵を覚える。

「うわぁ、一階上にあがるだけで、見える景色の雰囲気、変わるもんなんだね」

四階の部屋から一階分、わずか数メートルの違いではあったが、その分遠くまで見渡せるようになり、自然の雄大さをさらに堪能することになった。

「ねっ、恥ずかしがらずに、来てよかったでしょう」

「うん」

「それは私もいっしょですね。こんな綺麗な景色が見られるなんて、ほんと来てよかったです」

「結衣ちゃんがもう少し大きくなったら、連れてきてあげればいいじゃない」

「ほんとそうですね。こういう景色は見せてあげたいですね」

（エッチの期待はできなくなっちゃったけど、ほんと、来てよかった）

百合恵と莉央の会話に耳を傾けつつ、こうして外を見ている限り、性的なものは視界に入ってこないだけに、祥平も心が穏やかになっていくのを感じた。しかし、理性では「見るな！」と思っていても、年頃の本能はどうしてもチラッ、チラッと左右の人妻に視線を送ってしまう。

　右隣の莉央の美しいお椀形をした双乳がユラユラと揺らめき、左隣の百合恵の圧倒的なボリュームを誇る砲弾状の豊乳は、湯面に浮いているかのように見える。それを目《ま》の当たりにした瞬間、淫茎には一気に血液が送りこまれ、言い訳の余地のないレベルで完全勃起してしまった。

（見ちゃダメだって、わかってたのに）

　二人の視線から隠すように、さりげなく両手で股間を覆い隠していく。だが、その行動が逆に注意を引いてしまったようだ。

「あら、祥ちゃん、そこをそんなにしちゃって、どうしたの？」

「えっ、あ、あの、これは……」

「まあ、しょ、祥平、くん……」

　百合恵のからかうような声にアタフタとしていると、今度は莉央の驚き声が鼓膜を震わせてきた。

「ご、ごめんなさい。あの、僕、その……」

（あぁ、最悪だ。やっぱり、貸し切り風呂は断ればよかった）

両手でペニスをギュッと押さえこみ、うつむくことしかできない。

「うふっ、隠さなくていいのよ。さあ、手をどけて」

すっと身を寄せてきた百合恵が、熟しきった豊乳を惜しげもなく左腕に押しつけ、耳元で甘く囁《ささや》いてきた。すると、それに対抗するように、莉央が母乳の詰まった双乳を右腕に押しつけてくる。

「そうよ、祥平くん。恥ずかしがる必要、ないのよ」

若妻は耳の耳元で囁くと、右手を祥平の股間を覆う手に被せてきた。そのまま優しくペニスから手が離されていく。

「あぁん、すごいわ、祥ちゃん。そんなに大きく……」

「素敵よ、祥平くん」

(な、なんだ？　どうして二人ともこんな反応を……。まさか、二人とも僕との関係を暴露し合っているんじゃ……)

そうとでも言わなくては説明がつかない状況。湯の中で天を衝く強張《こわば》りに注がれる眼差しと、両耳に吹きこまれる甘い言葉と相まって、祥平の頭は湯あたりしたかのように、ポーッとしてきてしまった。

「今日は祥ちゃんの十四回目のお誕生日だし、特別におばさんと莉央さんで身体、洗ってあげるわ」

「さあ、祥平くん、一回お湯から出て、洗い場に行きましょう」

二人に手を取られるようにして、祥平は檜の浴槽から洗い場へと移動した。

「ほんとにすごいわね、祥ちゃん。お腹にくっついちゃいそうよ」

「ゆ、百合恵、おばさん……ゴクッ」

洗い場に置かれた木製の風呂椅子に座らされた祥平の正面に、百合恵が膝立ちとなっていた。砲弾状の熟乳はもちろん、深い括れを見せながらも柔らかそうな腹部や、湯上がりで肌に張りつくデルタ形に生え揃った陰毛も、惜しげもなく晒されている。

「背中は私が洗ってあげるわね」

後ろから両肩を摑んできた莉央が、グイッと身体を寄せるようにして囁いてきた。

「うわっ！　り、莉央さんまで……」

弾力豊かな膨らみがムニュッと背中でひしゃげる感触に、腰がゾワッとしてしまう。同時に肉槍がビクッと跳ねあがり、鈴口から先走りが滲み出した。

「まずはこれを楽にしてあげたほうがよさそうね」

艶めいた微笑みを浮かべた熟妻の右手が、なんの躊躇《ためら》いもなく裏筋を見せつける肉竿にのばされ、その中央付近をやんわりと握りこんできた。

「くぉッ！　あぅ、あぁ、ゆ、百合恵おばさん、な、なにを……」

熟女と二人きりであったなら、なんの迷いもなく悦びの声をあげていただろうが、いまは莉央もいるだけに、戸惑い気味な声になってしまう。しかし、そんな思いとは裏腹に、百合恵がたっぷりと熟した豊乳をユサユサと揺らしながら優しくペニスをこすりあげてくると、射精感が一気に迫りあがってきてしまった。

「あぁん、祥ちゃんのこれ、とっても硬いわ」

「ゆ、百合恵、さん……」

百合恵がペニスに甘い刺激を与えてくるなか、背中に母乳の詰まった膨らみを押しつけてきていた莉央が、上ずった声をあげた。

「うふっ、そんなわざとらしく驚かなくてもいいのよ、莉央さん。あなたも祥ちゃんのこれ、触ったこと、あるんでしょう？」

「じゃあ、やっぱり百合恵さんも祥平くんと……」

納得したような口調で返した莉央の両手に力が加わり、祥平は肩をグッと摑まれてしまった。

（えっ？　これって、もしかして、二人とも、僕との関係に気づいて……）

上手《うま》く隠しているつもりであっただけに、人妻二人の会話に頭が真っ白になる思いがした。

「いけない子ね、祥ちゃん。おばさんだけじゃなく、莉央さんともエッチな関係になっていたなんて」

妖艶な相貌をした熟女が上目遣いに見つめながら、さらに力強く強張りをしごきあげてきた。なめらかな指先が肉竿をこすり、さらには敏感な亀頭が爪の先で妖しくくすぐられていく。鋭い喜悦が背筋を一気に駆けあがり、眼窩に淫花が咲き誇る。睾丸がクンッと上昇し、あっという間に絶頂感に襲われた。

「あぁ、ご、ごめんなさい、おばさん、莉央さん……。くはッ！　ダメ、そ、そんなに強くこすられたら、僕、ぼく、あッ、あぁぁぁぁぁッ！」

尾を引く絶叫が浴室にこだましたときには、ペニスには激しい痙攣が襲い、大量の白濁液が百合恵に浴びせかけられていた。

「あんッ、すっごい……こんなに……」

大きく噴きあがった精液は百合恵の顔面にまで届き、悩ましく上気した頬を白く汚していった。

「す、すごい。祥平くんの白いのが、百合恵さんの顔にまで……コクッ」

どこか陶然とした熟妻の呟きと同時に、かすれた若妻の熱い吐息が耳に吹きかけられていた。背中でひしゃげる双乳が、さらに強く押しつけられてきている。

「ごめんなさい、百合恵おばさん。ぐっ、あぁ、出る、まだ、出ちゃうぅぅぅ……」

悩ましき美貌を精液に濡らす姿に腰をゾクリとさせられつつ、祥平はさらなる欲望のエキスを放っていった。


「はぁン、ほんとにすっごい……いっぱい、出たわね」

蒸れた浴室に充満する濃厚な牡の欲望臭に、百合恵の子宮はずっと小刻みに震えつづけていた。肉洞が疼き、背徳の淫蜜が秘唇に滲み出てしまっている。

(なにかのきっかけになればと思ったけど、まさか、ここまでのこと、してあげることになるなんて……)

いっしょに入浴すれば、祥平が勃起してしまうであろうことは予想できていた。そのときの莉央の反応で、少年と若妻の関係性を明らかにできれば、そんな思いがあったのだ。もちろんそれは諸刃《もろは》の剣《つるぎ》で、自身と男子中学生の禁断の関係の暴露に繋《つな》がってしまう。しかし、祥平を息子のように愛している百合恵にとっては、我が子の女性関係を把握しておきたい気持ちが強かったのである。

(祥ちゃんと莉央さんの関係は、残念ながら予想どおりだったけど、莉央さんも立場

はわかっているのよね)

夫婦間のセックスに不満を持っているとはいえ、人妻として夫を裏切っている立場は同じ。そのため、相手を強く非難する資格はない。しかし、少年が与えてくれる性的満足をいますぐ失う気もない。ならば取り得る道はたった一つ。ほかの相手がいることを受け入れ、仲よく分け合うことだ。息子をほかのオンナに盗られたようで面白くはないが、仕方あるまい。

「莉央さん、顔が真っ赤よ。もしかして、のぼせちゃった?」

絶頂の余韻に浸っているのか、口をポカンと開け惚けた表情を晒す祥平の後ろで、悩ましく頬を染めた若妻が潤んだ瞳で、樹液滴る少年の淫茎にネットリとした視線を送っていた。

(莉央さんのあそこも、きっと私と同じ状況なんでしょうね)

たっぷりと潤み、欲望をいつでも受け入れられるよう準備を整えている秘唇。百合恵には莉央の蜜壺が自身と同じ状態であろうと予測がついた。

「えっ? い、いえ、そんなことは……。ゆ、百合恵さんこそ、顔をエッチに上気させちゃってるじゃないですか」

百合恵の言葉で現実に引き戻されたのだろう。ハッとした表情を浮かべた莉央がこちらに視線を向け、負けじと言い返してくる。

「あら、私はしょうがないでしょう。だって、祥ちゃんの濃いの、まともに受けてしまったんですもの。ねっ、祥ちゃん」

左手で頬に付着する粘度の高い体液を拭いつつ、百合恵は再び右手で淫茎を握ると、スナップを効かせるようにこすりあげていった。

「くあッ、えっ？　ゆ、百合恵、おば、さン」

愉悦の余韻に浸かっていた祥平の腰がビクンッと跳ねあがった。同時に、おとなしくなりかけていた淫茎がムクムクとその体積を戻していく。すると、発散される淫臭がいっそう濃く漂いはじめた。

「すごいわね、祥ちゃん。あんなに濃いのを出したばかりなのに、またこんなに……」

「ゆ、百合恵おばさん、ごめんなさい、僕……」

「いいのよ。今日は祥ちゃんの誕生日なんだもの。何度でも好きなだけ、出させてあげるわ」

「そうよ、祥平くん。百合恵さんだけではなく、私もいつも以上に……。ほら、いつもみたいに私の、莉央ママのオッパイ、飲んでちょうだい」

祥平がウットリとした眼差しを百合恵に向けてきているのを感じたのか、次は私の番だと言わんばかりに、莉央が密着させていた少年の背中から上半身を離し、熟妻の真横へと移動してきた。パツパツに張った乳房の先端、少し黒ずんだ乳首からはうっすらとミルクが滲み出している。その膨らみを中学生の男の子に差し出していく。

「あぁ、莉央さん……」

恍惚の呟《つぶや》きを漏らし、祥平が若妻の右乳房にしゃぶりついた。さらに右手を左の乳肉に這わせ、やんわりと揉みあげはじめている。

「あんッ、そうよ、飲んで。明日、お家に帰るまでに溜まるミルクは全部、祥平くんのモノよ、うぅン……」

少年がチュパッ、チュパッと乳首に吸いつくと、とたんに莉央の眉間に悶え皺が刻まれ、甘いうめきを漏らしつつ祥平の頭を撫でつけていく。

「結衣ちゃんのためのミルクを祥ちゃんにあげるなんて、莉央さん、あなた、そうとうにエッチなママね」

「結衣の母乳は、うンッ、ちゃんと藤村の家に置いてきているので問題ありません。はンッ！　ダメよ、そんな。乳首、甘噛みしないで、優しく、チュウチュウして」

母乳を吸い出しつつ、祥平が乳頭に歯を立てたのだろう。莉央の全身がゾワッと震えたのがわかる。

(悔しいわ。私もオッパイが出れば、祥ちゃんにあげられたのに……)

必死に若妻の乳房に吸いつく少年の姿に、祥平を息子同然に思っている百合恵としては複雑な思いにさせられてしまった。

「ねえ、祥ちゃん。おばさん、莉央さんみたいにミルクは出ないけど、おばさんのこのオッパイでも、気持ちよくなってね」

祥平の意識を再び自分に向けるべく、百合恵は豊満な乳房で少年のペニスを挟みこんでいった。腋を締めるようにして乳肉同士をいっそう密着させると、いきり立つ肉槍が深い谷間にすっぽりと埋まりこんでいく。

「ンパッ、あぁ、う、嘘……。ゆ、百合恵おばさんの大きなオッパイに、ぼ、僕のが、挟まれてるぅ……」

愉悦に顔を歪める少年の熱い視線をはっきりと双乳に感じる。それだけで熟女の背筋にさざなみが駆けあがり、刺激を欲する肉洞がわなないてしまう。

「すごい。本当に祥平くんのが、胸の谷間にすっぽりと……。百合恵さん、どれだけ胸、大きいんですか」

まだ成長途上であるとはいえ、亀頭の先端まで完全に隠れる熟妻の豊乳に、若妻も驚きの声をあげてきた。

「莉央さんだって、それだけ大きければ、充分、挟めるでしょう」

「えっ、莉央さんのオッパイでも……ゴクッ」

祥平がハッとしたように莉央の膨らみを見つめ、両手をのばして円を描くように揉みはじめた。

「あんッ、祥平、くぅン……。いいわ、今度、私のオッパイでも挟んであげる」

「あぁ、莉央さん……」

「あんッ、祥ちゃん、ダメよ、いま祥ちゃんのオチ×チン、気持ちよくしてあげているのは、おばさんのオッパイなのよ。こんなこと、おじさんにもしてあげたことないんだから」

息子同然の少年の意識が若妻に向かったのを感じた百合恵は、両手を膨らみの外側に這わせ、左右の乳肉を互い違いに揉みあげていった。

「くはッ、あぁ、す、すっごい……。柔らかくて大きいおばさんのオッパイで揉みくちゃにされたら、僕、また……」

「いいのよ、出して。祥ちゃんの熱いミルク、またおばさんにいっぱいかけてちょうだい」

切なそうに腰を震わせはじめた祥平に艶然と微笑みかけると、百合恵は両手の動きを加速させ、さらに激しくたくましい強張りを柔らかな肉房で嬲っていった。

「まさか、百合恵さんがそんなにスケベだったなんて……」

(あぁ、見られてる。わかりきっていたことだけど、やっぱり他人にこんな姿を見られるのは、とんでもなく恥ずかしいわね。でも、これも全部、祥ちゃんのためよ)

妖艶な見た目ほど奔放ではない百合恵としては、莉央の言葉に羞恥を煽られてしまうものの、可愛い息子のためだと思えば、なにほどのこともない。自分にそう言い聞かせ、柔らかな膨らみで少年のペニスを捏ねまわしていく。

「ふふっ、ねえ、祥平くん。百合恵さんのオッパイはそんなに気持ちいいの？」

「う、うん、すっごい、気持ち、いい……。莉央さんの甘いミルクの詰まったオッパイも好きだけど、百合恵おばさんのは格別なんだ」

「あんッ、祥ちゃんったら。いいのよ、こんなことだったらおばさん、いつでもしてあげるわ」

ウットリとした眼差しを向けてくる祥平に、子宮がキュンッとわななき、淫裂からは淫蜜が大量に漏れ出してしまう。

「あら、それは悔しいわ。ねぇ、祥平くん、私のここ、どうなってる？」

わざとらしく頰を膨らませた若妻は、そう言うと祥平の右手を取って己《おのれ》の股間へと導いていった。楕円形の陰毛を撫でるように、少年の指先が莉央の股の間へと消えていく。

「えっ？　り、莉央、さん……」

「あんッ！」

「ぬ、濡れてる……ゴクッ、莉央さんのここ、すっごくヌルヌルになってて、トロッとしたのが指に絡みついてきてます」

莉央の顔に愉悦が走り、顎がクンッと上を向いたのと、祥平が驚きの声を発したのはほぼ同時であった。

「そうよ、わかるでしょう。私のここは、祥平くんの硬いのを受け入れる準備をもう整え終えているのよ」

「あぁ、莉央さん……」

(なに、莉央さんってエッチなことにこんなに積極的だったの？　もっとおとなしい感じなのかと思っていたけど、人は見た目に寄らないものね)

愛らしい見た目の若妻が見せる淫猥な一面に、百合恵は驚きを禁じえなかった。

「あぁん、祥ちゃん、ダメよ、よそ見、しないで。いまはおばさんのオッパイだけに集中して」

乳肉を灼《や》くほどに熱いペニスを小刻みに震わせる祥平の意識を、再びこちらに向けるべく、百合恵はさらに激しく自身の豊乳を揉みくちゃにしていった。

「えっ、お、おばさん、そんな、激しすぎるよ。うわぁ、出る！　僕、また……あぁ、おばさん、百合恵、おば、さンッ！」

祥平の腰が勢いよく突きあがった。直後、胸の谷間に熱い欲望のエキスが吐き出されたのがわかる。

「あぁん、わかるわ、祥ちゃんの熱いのが胸の谷間に……」

百合恵が両手の力を抜いた瞬間、脈動をつづけるペニスが谷間から弾け出した。ドビュッ、ズピュッと迸《ほとばし》り出る白濁液が、再び顔面を直撃してくる。

「はぁン、すごいわ。二回目なのに、こんなに……」

（あぁん、私のあそこも、もう耐えられないくらいになってる。早く膣中から刺激してほしくて、疼いちゃってる）

膣襞が刺激をよこせと肉洞内で蠢いているのがわかる。溢れ出した淫蜜でスリットはすでにジュクジュクであり、挿入の瞬間をいまや遅しと待ち侘びていた。

（今日は祥ちゃんのためにと思っていたのに、これじゃ私のほうが……）

女盛りの肉体を満たさんとする淫欲の勢いに、百合恵は背筋をゾクリとさせた。

「もう、また百合恵さんで出しちゃうなんて」

ネットリ濃厚なエキスを顔面に浴び恍惚となっている百合恵に、莉央がどこか不満げな声をあげた。

「ごめんなさい、莉央さん」

「祥ちゃんが謝る必要はないのよ。今日の主役はあなたなんだから。それに莉央さん、今夜は時間を気にせずに、でしょう?」

「それは、そうですけど……。あぁん、百合恵さんのそんないやらしい顔まで見せられたら、私……。祥平くん、ここに横になって」

完全に蕩けた顔となっていた祥平を、莉央は洗い場の畳に横たわらせた。

「ちょ、ちょっと、莉央さん、あなた、まさかここで最後まで……。待って、でも、時間が……」

「すぐです。硬いので突かれたらすぐにイッちゃうと思うので。それに、祥平くんのもまだ……」

顔面に白濁液を付着させた熟女のどこか焦ったような声にも動じることなく、莉央は祥平の股間に視線を送った。二度の射精で多少は萎えてはいるものの、それでもいまだ半勃ち状態をキープしている。

(やっぱり若さね。ウチの旦那なんて、一回したらなかなか復活してくれないのに)

結衣の妊娠前でも、夫は一度射精してしまうと満足してしまうことも多く、立てつづけにというのは滅多になかったのだ。それだけに、少年の旺盛な性欲に強く惹かれてしまう。

「あぁ、祥ちゃん……。でも、本当に待って莉央さん、せめてお部屋まで」

祥平の股間に視線を送った熟女の声が、とたんに甘いものとなった。さらに、切なそうに腰をくねらせたのがわかる。

(百合恵さんも、あそこ、グチョグチョなんでしょうね。祥平くんのことを気持ちよくしてあげていたけど、自分は全然……)

「すみません、無理です」

貸し切り風呂の時間が一時間というのは覚えているし、さほど時間が残されていないだろうことも予想がつく。しかし、この肉体の昂《たかぶ》りは部屋までだろうと保《も》ちそうになかった。

莉央は祥平の腰に跨がると、右手でヌチョヌチョになっている淫茎を握りこんだ。

ピクッと小さく跳ねあがりムクムクとその体積を増してくる。

「ンはっ！　えっ!?　り、莉央、さん？」

「ごめんね、祥平くん。お部屋に帰る前に一度、私のことも満たして」

絶頂の余韻から引き戻された少年の目が大きく見開かれていた。それに対して莉央は鼻にかかった声で返すと、一気に双臀を落としこんでいく。チュッ、湿った音を立てて亀頭がスリットに触れた瞬間、莉央の背筋が期待でゾクゾクッと震えた。

「あぁ、り、莉央さんのあそこと、ぼ、僕のがまた……。ゆ、百合恵おばさんが見ているのに……」

「そうよ、百合恵さんに見せつけてあげるのよ。祥平くんの硬いのが、また私の膣中に入る瞬間を……」

少年の視線が卑猥な光沢を放つ薄褐色の淫裂に注がれているのを感じた若妻は、さらに大きく脚を開いて結合部を見せつけるようにしつつ、張りつめた亀頭を膣口へとあてがっていった。

「あぁ、なんてこと、他人様のエッチを、息子のような祥ちゃんが莉央さんとするのを、こんな間近に見ることになるなんて……」

戸惑いながらも熱を帯びた熟妻の言葉が、妖しく耳朶《じだ》を震わせてくる。

（私、本当に百合恵さんの前で祥平くんを受け入れちゃうのね）

改めそれを意識しつつも、グイッと腰を落としこんだ。ンヂュッ……くぐもった音とともに、いきり立つ若い肉槍が蜜壺に入りこんでくる。

「はンッ、いい……。そう、これよ、これがほしかったのよ」

鋭い淫悦が脳天に突き抜け、視界が一瞬ホワイトアウトしかけた。

「くぉぉ、す、すっごい……。り、莉央さんの膣中、いつも以上に熱くて、ヒダヒダがいつも以上にうねってるよぅ」

「我慢してたのよ。祥平くんが百合恵さんに気持ちよくしてもらっている間ずっと……だから、私の膣中がとっても悦んでるの」

悩ましく潤んだ瞳で見つめつつ、莉央はゆっくりと腰を上下させはじめた。グチュッ、ズチュッと粘つく摩擦音がすぐさま起こり、頼りないながらも張り出したカリ首が柔襞をこすりあげてくる。

（あんッ、いい……。これなら本当にすぐに……）

突きあがる絶頂感を覚えつつ、莉央は艶めかしく腰を使いつづけた。

「おぉぉ、莉央、さンッ……」

切なそうな顔をした祥平がウットリとした眼差しで見つめ返してくる。さらに、両手を若妻の双乳へとのばしてきた。弾力豊かな膨らみを、モニュッ、ムニュッと揉みこまれる。その瞬間、硬化した乳首からはピュッと母乳が迸り、少年の顔に降り注いでいった。

「す、すごい。オッパイ揉むと、ミルクが……」

「うぅん、いいわ、好きにして。いまは祥平くんのためのオッパイよ。こっちはちゃんと私がしてあげるから、うンッ、好きなように揉みしだいてぇ」

蒸れた浴室に立ちこめる淫臭に、頭がクラクラとしてしまいそうであった。その中でも、莉央は快感を求めて肉洞でペニスをしごきあげつづけた。そのたびに、硬い肉槍で膣襞をこそげられ、莉央自身も確実に絶頂感に近づいていた。

「あぁ、祥ちゃん、お願い。おばさんもたまらないの。だからせめて、おばさんのあそこ、舐めてくれる?」

どこか悔しそうな顔で莉央と祥平の性交を見つめていた百合恵が、ついに動き出した。恥ずかしそうに頬を染めつつも、少年の顔を跨ぎ、そのままヒップを落としこんでいく。

「えっ? お、おばさんのあそこが……。あぁ、すっごい、百合恵おばさんのも、莉央さんに負けないくらい濡れてて、エッチな匂いが……あぁ、おばさん……」

一瞬驚きの表情を浮かべた祥平だが、次の瞬間にはトロンと顔を蕩けさせていた。さらに莉央の乳房に這わされていた両手を、熟女のムッチリとした太腿に移動させ熟腿を撫でまわしていく。

「あぁん、祥平くん、私のオッパイはもういいの?」

肉房からの快感が消えたことに、腰を悩ましく上下に振りつつ恨めしげに尋ねた。

「よくないけど、でも、百合恵おばさんにも……チュッ、チュパッ……」

「はンッ、いいわ、祥ちゃん。舐めて。おばさんのエッチなあそこ、いっぱい味わって……。うふっ、そんなに揉んでほしいのなら私が……」

少年が淫裂に舌を這わせたのか、目の前の熟女の腰がビクッと跳ねあがり、艶めかしい喘ぎがこぼれ落ちた。さらに、同性ですらドキッとするほどの淫靡な瞳をこちらに向けた百合恵の右手が莉央の左乳房に被せられてきた。左手は上体を支えるように若妻の右肩を摑んでくる。

「あんッ、百合恵、さん……」

「すごいわ、ほんとにパンパンに張ってるのね。このエッチなオッパイで祥ちゃんを誘惑したのね」

祥平が与えてくれる欲望に忠実な揉みこみとは違う、同性ならでは繊細で甘い愛撫に、腰が妖しく震えてしまった。

「くっ、あぁ、ダメ、莉央、さンッ、はぁ、いきなりそんな、締めつけ、強めないでよ。僕、また、うぅぅ、出ちゃいますよ」

「あんッ、祥ちゃんの熱い息があそこに……。ねえ、舐めて、もっと、おばさんのあそこをもっと、キャンッ！　そうよ、あぁ、いい、上手《じょうず》よ、しょう、ちゃン……」

百合恵に乳房を弄ばれたことで肉洞が締まり、それに祥平が敏感に反応。さらに熟女は右手を莉央の乳房に這わせた状態で腰を艶めかしく前後に動かし、少年の舌に積極的に秘唇をこすりつける動きをはじめていた。

（いやらしいわ。まさか、百合恵さんの、ご近所づき合いしている奥さんの、こんなエッチな姿を見ることになるなんて……。いえ、でも、それはお互い様か……）

祥平が百合恵の淫裂に舌を這わせる、チュパッ、チュパッという淫音がはっきりと聞こえてきている。ふだんから妖艶さ漂う美貌をさらに朱に染め、熟女が腰を揺すりつづけていく。

「いいわ、祥ちゃン、ほんとに上手……あんッ！　ダメよ、そこは、そこ、刺激されたら、おばさん……あぁ～ン……」

突然、熟妻の身体が大きく跳ねあがり、腰に妖しい痙攣が襲いはじめたのがわかる。

その瞬間、左乳房がモニュッと揉み潰され、黒ずんだ乳首から迸り出た母乳が、百合恵の豊満な熟乳を叩いた。

(クリトリス。祥平くんが百合恵さんのクリトリスに刺激を加えているんだわ)

「はぅン、ダメ、百合恵さん、そんな思いきり、胸、揉まないでください」

「あぁ、ごめんなさいね、でも、祥ちゃんが……」

抗議の声をあげた莉央に、百合恵が快感に蕩けた艶顔を向けてきた。そのあまりの悩ましさに、若妻の背筋がゾワゾワとしてしまった。

「あぁん、ダメ、それ以上そこ刺激されたら、おばさん……おばさん、もう、イッ、イッちゃうのぅ……」

浴室に熟女の絶叫がこだました。激しく全身を痙攣させつつ、ゆっくりとこちらに倒れこんでくる。

「だ、大丈夫ですか、百合恵さん」

(イッたんだわ。百合恵さん、祥平くんの舌だけで、イカされちゃったんだわ)

「ええ、大丈夫、よ」

慌てて熟女の身体を支えた莉央に、ゾクッとするほど凄艶な顔を向けてきた熟女は、小さく頷くとそのまま祥平の顔から腰を浮かせ、洗い場の畳に突っ伏してしまった。

（ほんとに百合恵さん、なんていやらしいのかしら。いえ、でも、それは私も同じよね。中学生の男の子の硬いのを積極的に迎え入れて、いやらしく腰、振ってるんだもの。その意味では私のほうが、より……）

高級温泉ホテルの貸し切り風呂で繰り広げられている、中学生の祥平の誕生日祝いとしての性の饗宴。その異様な空気感に莉央自身も完全に飲まれていた。

「あぁ、百合恵、おばさん……」

「あぁん、ダメよ、祥平くん、よそ見、しないで。百合恵さんは大丈夫だから、だから、いまは私だけを……」

ウットリとした呟きを漏らし、心配そうに真横に横たわる熟妻に視線を送った祥平に、次は自分の番だといわんばかりに、腰の動きを速めていった。

「あぁ、り、莉央さん、そんな激しくされたら僕……」

両手を再び若妻の双乳にあてがってきた祥平が、切なそうに顔を歪ませた。

「いいわ、出して、祥平くんの熱いミルク、いつもみたいに、私の膣奥に、子宮にいっぱいゴックンさせてちょうだい」

百合恵の淫蜜で口の周りをベットリと濡らす少年を見つめ、円運動するように腰を蠢かせていく。ンヂュッ、グヂュッと卑猥な性交音が浴室内に反響し、いきり立つ強張りが柔襞をこすりあげ、眼窩《がんか》を襲う愉悦の瞬きがその間隔を短くしている。

「くッ、あぁ、出ます！　莉央さん、僕、もう、ほんとに、あっ、あぁぁぁぁッ！」

激しく乳房を揉みこむ少年が絶頂を告げてきた直後、肉洞内のペニスがググッと膨張した。さらに、祥平がグイッと腰を突きあげてきた瞬間、熱い迸りが子宮に襲いかかってきた。

「はンッ！　キテル！　祥平くんの熱いのがまた膣奥に……はぁン、イグッ！　わ、私も、ぅンッ、祥平くんので、イッ、イッぢゃぅぅぅぅ……ッ！」

少年がもたらした最後の一突き。まったく予想外であったその突きあげがダメ押しとなり、一瞬にして視界がホワイトアウト。莉央の全身にも絶頂痙攣が襲いかかった。ビクン、ビクンッと激しく腰を震わせつつ、グッタリと祥平に覆い被さっていく。

（あぁ、イカされちゃった。百合恵さんと同じように、私も祥平くんに……）

蒸れた浴室の空気で汗ばむ身体を重ね合わせ、絶頂感でボーッとなっている頭がうっすらと、少年との性交に溺れていく背徳感を知覚するのであった。

5

午後八時すぎ、食事処のお座敷で豪華懐石料理を堪能して部屋に戻ると、次の間に一組の布団が敷かれていた。

「あら、こっちの部屋に布団が敷かれちゃってるのね」

「ですね。でも、この布団、使うんですか？」

百合恵の言葉に返した莉央が、悪戯っぽい目をこちらに向けてきた。二人の人妻は食事中に日本酒を口にしていたこともあって、頬にうっすらと朱が差していた。

「えっ？　僕がここで寝ればいいってことじゃ……」

「へぇ、もしかして祥平くん、一人で寝るつもりなの？　こっちの部屋のベッドには美女が二人もいるのに」

素直に答えた祥平に、メインの和室へと入った若妻が蠱惑の微笑みを送ってきた。

「いや、そ、それは……」

ほんの数時間前の貸し切り風呂の件が思い出され、頬がカッと熱くなった。

三人ともが絶頂を迎え、洗い場の畳に突っ伏していたとき、真っ先に立ち直ったのは百合恵であった。悩ましく上気し汗の浮いた顔で急《せ》かされ、浴衣に着替えたのは夕イムリミットまでわずか三分のときだった。

その後、火照った顔で部屋に戻り、三人はしばし無言でそれぞれが余韻に浸ったのである。そして、午後六時半からの夕食があって、現在に至っていた。

「もう、莉央さん、そんな祥ちゃんをいじめるようなこと、言わないであげて」

「いいえ、別にいじめるつもりは……。というか、百合恵さん、祥平くんを甘やかしすぎですよ」

お互いに恥ずかしい姿を見られた者同士、より親しみを抱くようになっているのだろう。助け船を出してくれた熟妻にも、莉央は物怖じすることなく返していく。

「それは仕方がないじゃない。祥ちゃんは私にとって可愛い息子みたいなものなんだから」

畳に正座をした百合恵が、座卓に置かれている急須《きゅうす》でお茶を淹《い》れつつ、優しい微笑みを送ってきてくれた。その瞬間、胸の内に温かなものが流れこんでくる。

「百合恵、おばさん……」

(僕もおばさんのこと、お母さん、ママみたいに思ってるよ)

本人を前に口にするのは恥ずかしく、心の中でそっと呟いた。

「ふふっ、祥平くんもなんか嬉しそうな顔してる。まあ、こんなに色っぽくて、グラマーな身体のママがいたら、年頃の男の子には最高でしょうけど。でも、百合恵さん、あっ、ありがとうございます。息子の初めてを奪っただけではなく、何度もエッチしちゃってるのは、エッチなママすぎて、さすがにマズいんじゃないですか」

熟女の隣に同じく正座をした莉央は、差し出された湯飲みの礼を言いつつ、さらに突っこんだことを口にしてきた。

「息子のようであって、実際は息子じゃないんだから、そこはいいのよ。莉央さんこそ、結衣ちゃんっていう可愛い娘がいるにもかかわらず祥ちゃんとなんて、あなたのほうこそよほどエッチなママじゃないの。ねっ、祥ちゃん」

若妻のツッコミにも動じることなく返していった百合恵が、二人の人妻の正面にあぐらをかいた祥平に同意を求めてきた。

「あっ、いや……ど、どうだろう……」

突然話を振られ、湯飲み茶碗を口元に運んでいた祥平は思わず噎《む》せそうになった。

どう返事をしていいかわからず、どっちつかずのお愛想笑いになってしまう。

「祥平くん、困ってるじゃないですか。それに私には、結衣が飲み残した母乳を吸い出してもらう、という理由もありますし。それはそうと、本当のところ、百合恵さんが一番、身体の疼き、治まってないんじゃないですか？」

「えっ？」

「なっ、突然なにを言ってるのよ、莉央さん。そんなことは……」

いきなりの話題転換と内容に驚きつつ熟妻に視線を向けると、その頰にはいっそうの赤みが差していた。さらに百合恵は、戸惑い気味にすっと視線をそらせている。

「考えてみて。祥平くんは貸し切り風呂で三回も射精しているし、その内の一回は私の膣奥に……。だから私も祥平くんの硬いので膣中から満足させてもらっているけど、百合恵さんは……」

若妻の話に、改めてハッとさせられた。確かに祥平自身は三度も射精をさせてもらっていたが、百合恵に対しては与えられてばかりでお返しがまったくできていなかったのだ。クンニで絶頂には導けたようだが、肉洞にペニスを突き立ててはおらず、その意味では莉央の言うとおり、「膣中から」満たすことはできていない。

「ごめん、百合恵おばさん。僕、自分ばっかりで……」

「なに言ってるの。いいのよ、それで。言ったでしょう。今日は祥ちゃんの誕生日なんだから、祥ちゃんが気持ちよくなってくれることが一番なのよ」

優しい言葉をかけてもらえばもらうほど、自分がまだまだ子供であることを実感させられる。

「そこで、提案というかお願いなんですけど、私これから藤村の家に電話をしなくてはいけないので、できれば席を外してもらえればと……。とりあえず、お部屋のお風呂にでも二人で入っていてもらえます？　電話が終わり次第、私も合流するので」

パンッと一度手を叩いた莉央が、いきなりそんな提案をしてきた。さらにこちらに視線を向け、コクンッと頷いてくる。

（そうか。莉央さんは僕と百合恵おばさんを二人きりにするつもりで……。莉央さんが電話している間におばさんと……。そういうことか）

「ちょっと莉央さん？」

「わかりました。電話の邪魔にならないように、お風呂に移動します。さあ、百合恵おばさん、行こう」

突然の提案に困惑の表情を浮かべる熟妻に対し、祥平は積極的に受け入れる方向で立ちあがると、百合恵を促していった。

「えっ、しょ、祥ちゃんまで……。はぁ、わかったわ。あなたの気遣い、遠慮なく受け取らせてもらうわ」

苦笑混じりの笑みを浮かべながらも立ちあがった百合恵とともに、祥平は次の間へと移動し、出入り口とは反対にある引き戸を開け、部屋つきの風呂へと通じる洗面脱衣所へと足を踏み入れていった。

「あんッ、祥ちゃん、ダメ、そんな、ペロペロしないで」

少年の舌が淫唇を舐めあげた瞬間、百合恵の腰がビクッと跳ねあがり、甘い喘ぎがこぼれ落ちた。

(あぁ、私、またお風呂場で祥ちゃんに……。やだわ、こんな体勢だから窓に思いきり映りこんでるじゃない)

部屋の風呂は貸し切り風呂と同じ檜の浴槽であったが、さすがに湯面が床面とフラットにはなっておらず、一般家庭と同じバスタブタイプであった。

百合恵はその浴槽の縁に窓に向かって腰をおろし、足湯のように両足を浸けていた。そして、祥平は湯船に肩まで浸かり、広げた熟女の脚の間に身体を入れて秘唇に舌を這わせてきている。

明るければ山の緑や湖の煌めきを眺められる窓には、いまや己の豊満な上半身と、股間に顔を埋《うず》めている少年の後頭部。そして、眉間に悶え皺を寄せている自身の艶めいた相貌が映し出されていた。

「チュッ、チュパッ……。ンぱぁ、百合恵おばさんのここ、とっても綺麗だよ。それに、少し濡れてるみたいで、とっても美味しい蜜が出てきてるよ。チュパッ……」

いったんスリットから顔をあげた少年が、火照った顔をこちらに向けにっこりと微笑んできた。

「はぁン、祥ちゃんったら、そんなこと言わないで。おばさん、はンッ、すっごく恥ずかしいんだから、うぅん……」

腰を切なそうにくねらせつつ、百合恵は祥平の髪に両手を這わせ、クシャッと指を絡ませていった。少年の生温かな舌で淫裂を舐めあげられるたびに、背筋に愉悦が駆けのぼり、蜜壺の奥からさらなる蜜液が溢れ出していく。

（これ、絶対に莉央さんの気遣いよね。イカされちゃったけど、貸し切り風呂ではちょっと欲求不満、残ってたのも事実だし）

家族に電話するから席を外してほしい。ついては風呂に入っていてくれれば、あとから合流する。「貸し切り風呂では時間切れで果たせなかった欲望を満たしてくださ い」若妻が言外に匂わせた意味はこんなところだろう。

「あぁん、祥ちゃん、いいのよ、そんな一生懸命してくれなくても。おばさんは充ぶッ、あんッ！　いや、ダメよ、祥ちゃん、そこ、あッ、あぁ～～ン……」

祥平の舌が突如、秘唇の合わせ目で存在を誇示しだしていた淫突起にあてがわれた。

その瞬間、鋭い喜悦が脳天に突き抜け、甲高い喘ぎが浴室にこだました。同時に腰に小刻みな痙攣が襲いはじめる。

(あぁん、このままじゃ私、また祥ちゃんの舌で……)

ヂュッ、チュパッ……チュチュッ……。硬化した小粒なクリトリスへの愛撫。突きあがってくる淫悦に、窓に映る自身の顔が卑猥に歪んでいくのがわかる。このままでは、夕方につづいてペニスを突き入れてもらう前に絶頂してしまいそうだ。

その予感に背筋が震え、今度こそ刺激をよこせと訴えるように、膣襞のうねり具合がいっそう激しくなっていく。

(はぁン、祥ちゃんのももうあんなに……。我慢、してくれてるのね。でも、私が本当にほしいのは……)

淫靡に潤んだ瞳で少年を見おろすと、視界の端に湯の中で揺らめく淫茎が飛びこんできた。湯色が透明なこともあり、ペニスが完全勃起し、亀頭が天を衝く勢いでそそり立っているのがわかる。

「あぁ、祥ちゃん、もう充分よ。だから、そろそろ……」

少年の頭を両手でガッチリと挟みこみ、半ば強引に淫唇から引き離していった。

「ンぱぁ、はぁ、お、おばさん……」

湯に浸かっている影響と性的興奮が合わさり、上気しうっすらと汗を浮かばせた顔で見つめてくる祥平に、熟女の総身がゾワッとした。

「ちょうだい。夕方、莉央さんにあげたみたいに、祥ちゃんのその硬いのを今度はおばさんに……」

「お、おばさん。ほんとにいいの、また？」

「当たり前でしょう。今日はそのための旅行でもあるんだから」

「あぁ、百合恵おばさん……。あ、あの、じゃあ、そ、そこの窓に両手、ついてもらっても、いい？」

ザバッと立ちあがった祥平が、下腹部に張りつかんばかりの強張りを見せつけながら、鏡のようになっている窓を指さした。

「外から見られないかしら」

「大丈夫だと思うよ。お風呂の窓を含めて窓は全部、外から見たら鏡張り、つまりはマジックミラーになってるってホテルのホームページに載ってたから」

「そんなことまで確認したの？」

「うん。大好きな百合恵おばさんと泊まるホテルがどんなところか、知っておきたかったから」

「もう、祥ちゃんったら。さては、最初からこういうこと、しようとしていたわね。うふっ、まあ、いいわ。今日はあなたの誕生日なんだもの。祥ちゃんの好きな格好でお相手、させてもらうわ」

まっすぐな少年の言葉にくすぐったさを覚えつつ、百合恵も浴槽の縁から腰を浮かせると、湯船に祥平と並んで立ち、ともにお湯の中を窓に近づいていった。

湖の周囲に設置されている街灯がほのかな明かりを放ち、観光客と思《おぼ》しき人々が散策している様子が見下ろせる。

(向こうからこっちは見えないとわかっても、さすがに恥ずかしさはあるわね)

風呂場でセックスを、それも息子と言ってもおかしくない少年の硬直を迎え入れるのだ。見られていないとわかってもなお、その背徳感に腰骨がわななないてしまう。それでも百合恵は、浴室の窓に両手をつき、ボリューム満点の双臀を祥平に突き出していった。

「いいわよ、祥ちゃん、いらっしゃい」

「あぁ、百合恵おばさん。ほんとにすっごく綺麗で、色っぽいよ」

陶然とした呟きを漏らし、少年の左手が括れた腰を摑んできた。

「挿れる場所、わかる？」

「う、うん、たぶん。おばさんのここ、ひっそりしてるけど、でもいまは、少しだけ口を開けてくれてるから、たぶんそこだよね」

「ええ、そうよ。遠慮なく、おばさんの膣中に入ってきて」

（見られてる。祥ちゃんにいやらしく濡らしたあそこをまた、あんなまっすぐな目で見られちゃってるんだわ）

窓に映る少年の視線が、まっすぐ熟女の淫裂に注がれているのがわかる。しとどに濡れ、卑猥にパクつく女穴を見つめられていると思うと、それだけで背筋がゾクリとしてしまう。

（でも、いよいよ、祥ちゃんのがまた、膣中に……）

待ち侘《わ》びた快楽がすぐそこに迫っている現実に、熟女の腰がまたしても震えた。一秒でも早い挿入をねだるように、ヒップが自然と左右に揺れてしまう。次の瞬間、張りつめた亀頭の先端がスリットと控えめな接触を果たした。

「あんッ」

粘膜同士の軽いキスにも、昂っている性感が揺さぶられてしまう。

「あぁ、おばさん、こ、ここなんだね……ゴクッ、じゃあ、あの、い、イクよ」

かすれた声で宣した直後、祥平がグイッと腰を突き出してきた。ンヂュッとくぐもった音を立て、いきり立つ強張りが熟妻の膣道に圧《お》しいってくる。

「あんッ！　あぅ、あっ、あぁぁ……キテル。祥ちゃんの硬いのが、また、膣中に、うぅン、素敵よ。これよ、これがほしかったのよ」

（私、なんていやらしいこと、口にしてるの。旦那以外の男性器を、お隣の祥ちゃんの硬いのを迎え入れて、こんなに身体が悦んじゃってるなんて……）

お目当てのものを与えられた瞬間、早くも全身に小刻みな痙攣が襲い、百合恵の眼前が一瞬、白い靄に包まれかけた。

「くッ、はぁ、いい……。ゆ、百合恵おばさんの膣中、ほんとキツキツでウネウネで、はぁ、すぐにでも出ちゃいそうだよ」

「うぅん、いいのよ、出して。おばさんも祥ちゃんの熱いの入れられただけで、軽くイッちゃいそうに気持ちいいわ。だから、あなたも遠慮しないで」

「あぁ、おばさん、百合恵、おば、さンッ……」

陶然とした声をあげた祥平がゆっくりと腰を前後に振りはじめた。ヂュッ、ヂュチュッと卑猥な粘音が瞬く間に起こり、いきり立つ強張りが蜜壺内を往復していく。

「ンッ、はぁン、いいわ、祥ちゃん、ほんとにとっても、素敵よ」

たくましく成長をつづけているペニス。必死に笠を広げるカリ首が複雑に入り組んだ膣襞をこそげあげてくるたびに、痺れるような快感が全身を伝播し、自然と甘い喘ぎがこぼれ落ちていった。

「はぁ、おばさん、気持ちいいよ。百合恵おばさんとエッチさせてもらうたびに僕、おばさんのここに、くッ、どんどんドンドン、嵌まっていっちゃってるよぅ」

「あぁん、それはおばさんもいっしょよ。祥ちゃんとこんな関係、許されないってわかってるけど、でもおばさんも、はンッ、祥ちゃんの硬いので膣中、こすってもらうたびに、抜け出せない気持ちになっていってるのぅ」

(あぁ、あなた、本当にごめんなさい。私の身体、本格的に祥ちゃんに馴染んで、この子のモノじゃなきゃ、満足できなくなってきてる)

今年に入ってまだ一度もない夫とのセックス。しかし、それに不満を覚える気持ちがなくなっている現実に、百合恵は隣家の少年との不貞がすでに後戻りできない段階に達していることを実感する。

「おぉぉ、おばさん……百合恵、おばさんッ!」

熟妻からの思わぬ言葉に、祥平の腰が悦びに打ち震えた。キツめの肉洞に埋没するペニスにさらなる血液が送りこまれ、卑猥に絡みつく細かな柔襞を圧しやっていく。

「はンッ！　すっごい……。まだ、大きくなるなんて……ほんとになんてたくましいの」

「だって、おばさんが嬉しいこと言ってくれるから、僕……」

括れた腰をガッチリと摑み、硬直を出し入れさせてもらうたびに、腰が百合恵の豊臀にぶつかり、律動の粘音とは違う乾いた衝突音が起こる。さらには、視覚を楽しませるかのように柔らかな尻肉が、ぶるん、ぶるんと波打っていく。

（ヤバイ、このままじゃ、また僕のほうが先に……）

すでにこの日は三度も射精を経験しているにもかかわらず、確実に射精衝動がこみあげてきていた。グッと奥歯を嚙んで衝動をやりすごすと、祥平は腰にあてがっていた両手を前へ、熟女の腋の下から前方へと突き出していった。

ペニスを打ちこむたびに、盛大に揺れ動く姿が窓に映し出されている双乳。窓に手をつき双臀を後ろに突き出す格好のため、いつも以上に見た目のボリューム感がある豊乳。とてつもない大きさと柔らかさを誇る膨らみに両手を被せ、量感を堪能するように捏ねあげていく。

「あぁん、いいわ、おばさん、祥ちゃんにオッパイ触られるの、大好きよ」

「僕もだよ。僕も、おばさんの大きなオッパイ、大好きだよ」

（もしこれで莉央さんみたいに母乳が出れば最高なんだけど、さすがに贅沢すぎる望みだよな）

ムニュッ、モニュッとどこまでも指が沈みこんでいきそうな柔らかさと、適度に押し返してくる弾力。触っているだけで幸せな気分にさせてくれる乳肉に顔が自然とにやけてきてしまう。

「はぁン、ほんとにいいわ、おばさん、祥ちゃんとエッチすると、いけないことなのに、とっても幸せな気持ちになるわ」

「僕もだよ、僕も昔から大好きだった百合恵おばさんと、こんな、ンくぅ、締まる。おばさんの膣中、さらにキュンキュンきてる……」

艶めかしい相貌の熟女と窓に映る顔同士で見つめ合い、百合恵と性交できる悦びを伝えながら、祥平は豊乳の頂点で球状になっていた乳首を親指と人差し指で挟んだ。

その瞬間、狭い肉洞がさらにギュッと締めつけを強めてきた。

「あぁん、ダメよ、そんな乳首、悪戯されたら、おばさん……」

「あぁ、出る！　僕、また、ほんとにもう……」

急速に迫《せ》りあがってくる射精感に抗《あらが》いつつ、祥平は乳房にあてがった両手を再び艶腰へと戻した。ペニスには断続的な痙攣が走り、亀頭がググッとさらに張り出し爆発の瞬間の接近を予感させる。

「はンッ、すごいわ、わかる。祥ちゃんのがおばさんの膣中でピクピクと……いいのよ、出して。我慢しないで、おばさんの膣奥にも、莉央さんに出したのに負けないくらいいっぱい注ぎこんで」

「あら、百合恵さんの口からそんなエッチな言葉を聞けるなんて、いいタイミングだったかしら」

二人だけの世界に入りこんでいたところに突然、莉央のからかうような声が届いてきた。ハッとして改めて窓を見ると、脱衣所からの引き戸が開けられ、全裸の若妻が浴室に足を踏み入れてきている。

パツパツに張ったお椀形の膨らみに、産後とは思えない括れを描く腰回り、そして楕円形の陰毛まで、まったく隠すそぶりも見せずに浴槽へと近づいてきた。

「り、莉央さん！　電話は終わったの？」

熟妻の口から驚きの声が漏れ、その瞬間、蜜壺がさらに一段階、締めつけを強めてきた。

「ンほっ！　つ、潰れちゃう……。百合恵おばさんのここ、ただでさえキツキツなのに、これ以上締めつけられたら、僕のが、くぅぅ、潰されちゃいそうだよ」

（あぁ、すごすぎる。おばさんの膣中、なんでこんなに圧が強いんだ。はぁ、ああ……。でも、莉央さんの登場でほんのちょっとだけ、射精感、後退したかも）

百合恵の括れた腰を両手でガッツリと摑み、祥平は小さく息を整えた。

「ええ、問題なく。結衣も置いてきた母乳を飲んで、すでにグッスリ見たいです。だから、遠慮しないでゆっくり楽しんでおいでと言うことでした。それと、百合恵さんにもよろしく、と」

かけ湯をしてから浴槽に入ってきた莉央が、蠱惑の微笑みを浮かべ、二人の真横へとやってきた。

「ふふっ、ごめんね、祥平くん。出そうなときに邪魔しちゃって」

「い、いえ……」

さすがにどんな反応をしていいかわからず、顔を少し引き攣らせてしまった。

「手伝ってあげるから、出しちゃいなさい」

「ちょ、ちょっと、莉央さん、なにをするつッ、あんッ！　うぅシ……」

悪戯っぽい微笑みを浮かべた若妻に不安そうな顔となった熟妻。すると、莉央は右手を百合恵の右乳房へとのばすと、柔らかな肉房を揉みこみはじめた。

「うわ、すっごい。なんですかこのオッパイの大きさと柔らかさ。こんないやらしい膨らみで息子同然の男の子を誘惑して、硬くなったオチ×チンを咥えこむなんて、百合恵さん、淫らすぎですすよ」

「ち、違う、私はそんな、淫らなんかじゃ、ヒャンッ！　あぁん、ダメ、いま、そこ、クニクニしないで」

莉央の指先が球状に硬化した乳首に触れたのだろう。その瞬間、肉洞がまたしても膣圧を増してくる。

「くはッ！　あぁ、締まる！　莉央さんが百合恵おばさんのオッパイを悪戯したら、ここが、また……」

「出すのよ、祥平くん。このあとはまた私と……莉央ママのミルクを飲みながらのお楽しみが待ってるんだから」

浴室の蒸れた空気と、祥平と百合恵が発する淫気にあてられたのか、莉央の顔は早くも上気し、切なそうに腰をくねらせている。

「り、莉央さん……」

「あぁん、ダメよ、祥ちゃん。いまはおばさんと、百合恵ママとのエッチを楽しんでくれないと、ダメなんだから」

「ふふっ、母乳の出る私への嫉妬ですか、百合恵さん」

「ち、違ッ！　はぅ、あっ、そ、そこは、ら、ダッメぇぇぇぇッ……」

からかう若妻に反論しようとした熟女の声が一転裏返り、甲高い喘ぎが浴室に反響した。右手で乳房を弄る莉央が、空いていた左手を百合恵の下腹部にのばし、秘唇の合わせ目のポッチを指の腹で転がしたのだ。

「つ、潰れる！　僕のが、あぁ、ほんとにもうダメだ、出すよ、百合恵おばさん」

「あぁん、いいわ、出して。祥ちゃんの白いの、たっぷり、膣中に……」

祥平のペニスだけではなく、莉央からの二点攻撃も加わり、百合恵の腰が小刻みな痙攣に見まわれているのがわかる。

「おぉぉ、おばさん、百合恵おば、さンッ！」

括《くび》れた腰をしっかりと摑み、祥平はラストスパートの律動を開始した。グチョッ、ズヂョッと卑猥な摩擦音が一気にその間隔を短くし、その淫音に腰をヒップに叩きつけるたびに起こる、パン、パンという乾いた打擲《ちょうちゃく》音が混ざっていく。さらには、ジャバ、ジャバッと膝下が浸かる温泉が波打っていた。

「あっ、はッ、いい……あぁ、すっごい、子宮が激しく揺らされてる。お、おばさんも、もうすぐ……祥ちゃんといっしょに、あッ、あぁ〜〜ン……」

「くっ、あぁ、出る！　僕、ほんとに、あぁ、ゆ、百合恵、おばさンッ！」

その瞬間、脳内で激しいスパークが起こり、眼前が一瞬にして真っ白となった。ドビュッ、ズビュッ、ドピュッ……。猛烈な脈動がペニスを襲い、この日四度目とは思えないほど大量の白濁液が、熟妻の子宮に向かって迸っていく。

「あぁ、出てる！　祥ちゃんの熱いミルクが、私の膣奥を満たしてる。あぁん、イクッ！　私も、イッ、イッちゃぅぅぅぅぅ……ッ！」

浴室にこだまする喘ぎを放ち、百合恵の全身にも絶頂痙攣が襲いかかっていた。

「ンはぁ、あぁ、ハア、すっごく、気持ちよかったよ、ありがとう、百合恵おばさん」

十回近い射精の果て、ようやくペニスがおとなしくなると、祥平は荒い呼吸を繰り返しながら、愛する熟女に囁きかけた
「あぁん、おばさんもよ。こんなに激しくイッたの、初めて。まだ、頭がポーッとしてるわ。うふっ、でも、夜はまだこれからよ。次はベッドで愛して」

凄艶な妖気を放つ顔をこちらに向けてきた百合恵に顔を近づけ、チュッとキスを交わしていく。その瞬間、肉洞に埋まりこんだままの淫茎が、活力を取り戻した。

「愛してるよ、おばさん……ううん、百合恵ママ」

「私もよ、祥ちゃん。あぁん、わかるわ、ママの膣中で祥ちゃんがまた大きくなってる」

「ちょっと、私もいるんですけど。二人の世界に入るのはやめてくれます」

甘い口づけを解き見つめ合っていると、忘れてもらっては困ると、莉央が割って入ってきた。

「あら、莉央さん、いたの？」

「いましたよ。なんですか、そのわざとらしさは。そんないやらしく満たされた顔しちゃって。ほら、祥平くんも、次は私の、莉央ママの番だよ。喉渇いてるでしょう。ママのオッパイ、ゴクゴクしていいよ」

「り、莉央さん……」

差し出された若妻の豊かな膨らみ。その頂上に鎮座する少し黒ずんだ乳首からは、うっすらとミルクが滲み出し、ポトッと湯船に垂れ落ちていた。その様子に、ゴクッと喉が鳴ってしまった。

「さあ、祥平くん」

「は、はい」

ペニスを百合恵の蜜壷に入れたまま、上半身を右にひねると、右手で莉央の左肩を摑み前傾姿勢をするように顔を双乳へと近づけた。甘い乳臭で鼻腔を満たしつつ、ミルクが滲む突起をパクンッと口に咥えこんだ。すぐさま、チュッ、チュバッと音を立て、母乳を吸い出していく。

「あぁん、いいわ、飲んで。張っちゃってる莉央ママのオッパイ、楽にして」

鼻にかかる若妻の甘い声を聞きつつ、さらにミルクで喉を潤していった。

「あんッ、すっごいわ、祥ちゃんのが私の膣中でまたいちだんと……。ねえ、いいのよ、そのまま腰を動かして、また膣奥に、百合恵ママの膣中に、いいのよ」

「あん、百合恵さん、それはズルいです。次は私の番なんですから」

「うふっ、わかったわ。ねえ、祥ちゃん、一回、抜いて。ベッドに移動しましょう」

「う、うん」

莉央の乳房から顔を離し、百合恵の肉洞からゆっくりとペニスを引き抜いていく。強張りが抜け落ちたとたん、熟妻の膣口からポタポタッと逆流した精液が湯面に波紋を広げていった。

「あんッ、祥平くんの濃い精液が溶け出したお湯に浸かったら、それだけで妊娠しちゃいそう」

「直接膣奥に浴びておきながら、いまさらなにを言ってるの」

人妻二人が交わす会話に、カッと頬が熱くなるのを感じる。

（そうだよな、僕、遠慮なく、二人の膣中に何度も……）

万一のことを考えると恐怖を覚えると同時に、ネットリとした粘液で卑猥な光沢を放つペニスが、小刻みな胴震いを起こしてしまう。

「ふふっ、祥平くんの、嬉しそうに跳ねあがってる。人妻を妊娠させる危険性があるのに、いけない子ね。でも、いいわよ、たっぷりと膣中に出させてあげるわ。ねっ、百合恵さん」

「ええ、そうね。祥ちゃんが満足するまで、何度でもいいのよ」

右腕に若妻が、左腕に熟妻がそれぞれ腕を絡め、魅惑の乳房を惜しげもなく押しつけてくる。

「あぁ、莉央さん、百合恵おばさん……」

濃密な夜になりそうな予感にゾクリと背筋を震わせながら、祥平は二人の人妻にいざなわれるように風呂からあがるのであった。

◎本作品の内容はフィクションであり、登場する個人名や団体名は実在のものとは一切関係ありません。

◉新人作品**大募集**◉

マドンナメイト編集部では、意欲あふれる新人作品を常時募集しております。採用された作品は、本人通知のうえ当文庫より出版されることになります。

【応募要項】未発表作品に限る。四〇〇字詰原稿用紙換算で三〇〇枚以上四〇〇枚以内。必ず梗概をお書き添えのうえ、名前・住所・電話番号を明記してお送り下さい。なお、採否にかかわらず原稿は返却いたしません。また、電話でのお問い合せはご遠慮下さい。

【送付先】〒一〇一‐八四〇五 東京都千代田区神田三崎町二‐一八‐一一 マドンナ社編集部 新人作品募集係

両隣の人妻《りょうどなりのひとづま》 母乳若妻と爆乳熟妻の完全奉仕《ぼにゅうわかづまとばくにゅうじゅくづまのかんぜんほうし》

二〇二一年五月十日 初版発行

著者◉綾野 馨【あやの・かおる】

発行◉マドンナ社
発売◉二見書房
東京都千代田区神田三崎町二‐一八‐一一
電話 〇三‐三五一五‐二三一一(代表)
郵便振替 〇〇一七〇‐四‐二六三九

印刷◉株式会社堀内印刷所 製本◉株式会社村上製本所 落丁・乱丁本はお取替えいたします。定価は、カバーに表示してあります。
ISBN978-4-576-21050-6 ◉Printed in Japan ◉©K.ayano 2021